FSC
www.fsc.org

MIX

Papier aus ver-
antwortungsvollen
Quellen

Paper from
responsible sources

FSC® C105338

AF223098

**Bibliografische Information der Deutschen
Nationalbibliothek**
Die Deutsche Nationalbibliothek verzeichnet diese
Publikation in der Deutschen Nationalbibliografie;
detaillierte bibliografische Daten sind im Internet über
http://dnb.d-nb.de abrufbar.

© 2008 Stefan Soeffky
Herstellung und Verlag: Books on Demand GmbH,
Norderstedt
ISBN 978-3-8370-3028-0

Stefan Soeffky

# Zeitlochs
ewige
Abenteuer

Alles
Nichts geht mehr

Kapitel 1:

Das Auge öffnet sich.
Die Schleier verschwinden:
das Innere des TEMPELS,
eines Etablissements, in dem feuerspeiende
Drachen üppige Frauen in winzigen
Stofffetzen vergewaltigen und Trottel auf
Einrädern die bekanntesten Songs von
Andrew Lloyd Webber, Scooter und Pur
zum Besten geben, während außerirdische
Raumfahrer mit riesigen Köpfen und
schwarzen schräg stehenden Augen die
Caesaren, aus denen sich das Publikum
zusammensetzt mit Pfauenfedern am
Gaumen kitzeln und Armeen von Ratten
und Ungeziefer für die schnelle Beseitigung
von Exkrementen und Erbrochenem
sorgen. Ab und zu erhebt sich aus dem
Bodensatz eine ehemalige Raupe, die es
nach langem Sparen und mit Hilfe der
besten Anlageberater zum Schmetterling
gebracht hat, und schwirrt hinauf in die
Baumkronen, aus denen ohne Unterlass

Blütenblätter in allen Farben des Orients und des Okzidents herabregnen, denn es ist Frühling.

Das Auge öffnet sich.

Die Schleier verschwinden:
eine feuchte Gasse,
am Hinterausgang des Tempels,
und die Tür öffnet sich.

Heraus tritt Alexander Zeitloch, der innerhalb kurzer Zeit zum Propheten werden aber vorläufig nicht als solcher in die Geschichte eingehen wird, da die Geschichtsschreibung erst etwa 250 Jahre nach seinem Tod wieder aufgenommen werden wird. Dann allerdings wird man die zahlreichen Mythen, die sich um ihn ranken, festhalten und sich wundern.

Man wird sich erzählen, er sei ein Waisenkind gewesen, das von einem Fernseher adoptiert und aufgezogen worden ist und deshalb schon im zartesten Kindesalter alles gesehen habe, was ein Mensch nur sehen könne. Eines Tages tritt er dann jedoch heraus an die Luft und ist – wider Erwarten (Ich, hoffe, lieber Leser, ihnen ist klar, warum diese Parenthese vollkommen überflüssig ist!) – überrascht, von dem, was er sieht.

Er sieht nämlich eine Gruppe von bleichen, dunkel gekleideten Gestalten, die ihre Körper langsam zu einer wohl nur für sie hörbaren Musik wiegen und Alexander mit einem Ausdruck in ihren Gesichtern ansehen, der unersättliche Gier und Todesangst in sich vereint.

„Wer seid ihr?" fragt Alexander mit einer Naivität und Unvoreingenommenheit, die sich von Gleichgültigkeit nur durch einen großen Anteil Neugier unterscheidet, und die unter den Menschen einzigartig und auf Alexanders eigentümliche Erziehung zurückzuführen ist.

Ein Schauer geht durch die Gruppe der Schwarzgekleideten, und dann antworten sie im Chor:

„Wir sind der Zauberer von ICH!

Mit dünnen Hälsen, dunklen Mänteln,

langen Fingern, weißer Haut,

begaffen wir die Götter dieser Ära,

die schreiten,

auf dem Weg ins Licht

der Scheinwerfer,

vollbelippte gutbestückte Pornostars

beider rosigen Geschlechter

so frei, so sternengleich funkelnd

anzusehen,

so voller Geilheit auf Leben,

erfrischend sinnlos das Ganze,

und so keimt die Frage

auf im Geiste:

‚Wer hat mich verflucht?

Wer zog den Bannkreis,

der mich hält,
und wer befahl mir die quälende Frage
nach Sinn,
die mich umkreist,
seit Zeiten weit in der Vergangenheit?'
So steht man in Scharen und Schatten
und im Warten züchtet man Fragen
bis man verzückt entzuckert
sieht,
wie sich Offenheit der Fragen weitet,
in Offenheit des Himmels mündet,
und konsterniert man konstatiert:
‚Ich bin im Paradies.'"
Daraufhin verstummen die Gestalten und
man hört nur das leise Rascheln ihrer
Mäntel, während sie sich zu einer nur für
sie hörbaren Musik wiegen.
„Möchtet ihr nicht wissen, wer ich bin?"
fragt daraufhin Alexander, der noch nicht
versteht, dass nicht alle Menschen so
neugierig sind wie er. Als er keine Antwort
von dem raschelnden Chor erhält,
antwortet er trotzdem:
„Ich war, bin und bleibe ein Loch in der
Zeit.
Ich bin einer, der dem Schweigen seine
Stimme weiht.
Ich will ein Loch in eure Zeit reißen,
will mich in eurem bunten Netz festbeißen,
will auf hunderttausend Schlipse treten,
nie mehr um eure Gnade beten,

will zu euren Herzen sprechen
und euch eure Hirne brechen,
werd´ mich mit eurem Glauben rangeln
und mit der Wahrheit eure Seelen angeln.
Ich habe keine Lust zu warten
auf Chancen oder bessere Karten,
denn jetzt und hier ist Zeitlochs Zeit.
Ich sprenge die Vergangenheit,
hab das Meer der Zeit verlassen
und lass im Himmel darüber eure Lügen
verblassen.
Ich weiß meine Worte erscheinen nicht
wahr,
denn im Reich der Blinden ist der
Einäugige unsichtbar.
Notfalls werd´ ich allein am Ende der
Zeiten
auf den Wellen der Intuition nach Hause
reiten.
Denn ich war, bin und bleibe ein Loch in
der Zeit,
bin der, dem das Schweigen seine Stimme
leiht."

Daraufhin fangen der Zauberer von ICH
und alle seine Mitglieder schrill an zu
kreischen und die Schwächeren von ihnen
zerfallen zu Staub, eine besonders laut
kreischende Greisin läuft auf Alexander zu,
packt ihn am Kragen und brüllt: „Du
verstehst uns nicht! Duu versteeeehst

uuuuns niiiiicht! usw." Andere schreien: „Das hat dir der Teufel gesagt!" oder „Ich schmilze! Ich schmilze!" oder „Weiche von mir, Satan!" oder „Hilfe, ich brenne!"

Angewidert rotzt ihnen Alexander entgegen: „Reißt euch doch mal zusammen! Ihr benehmt euch wie ein Klischee!", worauf die Greisin entgegnet:

„WIR SIND EIN INDIVIDUUM!

Aber warte nur!

Mach die Augen weit auf

und die Beine breit,

und lass dich ficken von dieser Zeit!

Dann...

Ja dann...

Wirst du uns verstehen!!!"

Der Chor beendet seinen Vortrag mit schallendem bedrohlichem Gelächter. Doch einer von ihnen beginnt leise zu zweifeln. Er wird Alexander Zeitlochs erster Jünger.

Da Alexander in seinem Leben schon bessere Vorstellungen geboten bekommen hat, wendet er sich gelangweilt ab und geht. Auf dem Weg durch die nächtliche Stadt küsst ihn eine Muse und verlangt dafür 3 Euro 10. Alexander gibt ihr das verlangte Geld und beginnt sofort laut vor sich hin zu dichten:

„Der Stein der Weisen liegt in dir, mein Freund!

Dein kleiner Stein der Weisen...

Er flackert im Schein eines Bildschirms,
pulsiert im Rhythmus der E-Gitarren
und rast durch die Zeit
in Synchronizität mit den Wellen
des Äthers, des Handy-TV-Netzwerk-
Betrugs.
Es liegt was in der Luft...
Eingestöpselt in Schwingungen...
Intravenös ins Internet...
In Wahrheit schwimmend
doch blind für das Wissen
liegst du Mercurius
- einst Zweifelskeim -
jetzt Licht unter Vielen,
Lampe unter Sternen
geduckt.
Aufrichtig kuschend,
betrogen,
verkauft,
denn nur du kannst Blei in Gold
verwandeln.
Doch hab keine Angst!
Du bist nicht allein,
bist Teil einer Zielgruppe.
Man saugt euren goldenen Schein,
du ehemals wissender Stein,
du gläubiger Spender von Scheinen.
Und bald schon erwachst du wieder
aus diesem Gedicht
in die Traumzeit Zweitausend
und blickst vielleicht in mein Gesicht.

Und während ich dir offen in die Augen seh,
fragt ein anderer hinterrücks in die Bauchgegend zielend:
Where do you want to go today?"

Kapitel 2:

Das Auge öffnet sich.
Die Schleier verschwinden:
Kinder spielen mit ihren Schreien; misstrauische Götter schmeißen mit faulendem Obst um sich, unersättlich wie nur Götter es können, doch ein kleines Mädchen hat sich wehgetan und weint um so lauter je länger es von niemandem beachtet wird, bis plötzlich eine der Göttinnen, sie trägt einen so alltäglichen Namen wie Katrin oder Christina oder Nicole oder Jennifer oder Marion, dem Mädchen mit einer Ohrfeige befiehlt aufzuhören. ERFOLG! Das kleine Mädchen, es hat einen so alltäglichen Namen wie Katrin oder Christina oder Nicole oder Jennifer oder Marion, wird Jahre später ein Instrument lernen und sich darüber wundern, dass es am liebsten traurige Stücke spielt, und weitere Jahre später wird es ihrem Freund Vorwürfe machen, die dieser nicht versteht, und noch ein wenig später wird es schlechtes Gras

rauchen und mit einem ernsthaften Anfall von Paranoia in einer Ecke kauern und sich schwören: „Nie wieder!"

Kapitel 3:

Das Auge öffnet sich.
Die Schleier verschwinden.
Einer der Götter lehnt an einer mit Konzertplakaten bedeckten Wand und singt:
FATE
PLAYS
SUCH DIRTY TRICKS ON ME
FATE
ist vielleicht auch nur die Rache von Zeus, von Jehova, von Odin, von Osiris, die alle zerquetscht am Boden liegen, zertrampelt von Göttern, die so alltägliche Namen tragen wie Katrin oder Christina oder Nicole oder Jennifer oder Marion oder Stefan oder Harry oder Christian oder Walter oder Markus, - am Boden - zusammen mit faulendem Obst. In diesem Augenblick kommt Alexander Zeitloch des Weges und der Gott, der an der Wand lehnt, sagt: „Fürchte dich vor mir, denn ich bin der Gott, der an einer Wand lehnt." Alexander Zeitloch antwortet: „Ich fürchte mich vor dir, denn du bist der Gott, der so mächtig ist, dass er an einer Wand lehnen

muss. Aber was ist es, das du mir zu sagen hast."

„Ich werde dir deinen Tod verkünden, Alexander Zeitloch!" antwortet da der Gott, der an einer Wand lehnt. „Du wirst in zwei Minuten sterben, weil dich jemand verwechselt." Im nächsten Augenblick lässt ein anderer Gott die Wand verschwinden, und der Gott, der an einer Wand lehnt, fällt um.

Alexander Zeitloch geht noch um zwei Straßenecken, als ein Mädchen, es hat einen so alltäglichen Namen wie Katrin oder Christina oder Nicole oder Jennifer oder Marion, auf ihn zugestürzt kommt und brüllt: „Du hast mich als Kind geschlagen!" Noch bevor Alexander etwas antworten kann, hat sie ein Messer in seine Brust gestoßen.

Das Auge öffnet sich.

Die Schleier verschwinden:

Jetzt ist Alexander Zeitloch endgültig jenseits der Zeit, und dort verfasst er sein, wie er glaubt, letztes Gedicht.

Der Rosengarten der Philosophen

Ideal wäre doch
eine Mischung aus Disneyland,
Universität
und Sozialismus,

und dazu ein Sigmund Freud,
der ein bisschen auf uns aufpasst.
Aber noch gibt es Mütter,
die ihre Söhne erschießen
und das als Befreiung verstehen,
und noch gibt es Menschen, die glauben
irgendjemand müsse
auf elektrischen Stühlen zugrunde gehen,
damit es uns gut geht,
während doch in mir jemand sitzt,
der hat mir mal einen Rosengarten
versprochen.
Aber wozu Kultur,
sagt ihr euch,
wenn wir auch wunderschöne,
blühende
Explosionen
aus Blut und Dreck und Exkrementen
erzeugen können,
wir ganz allein.
Gottgleich.
Allein.

## Wünsch dir was!

Seit ihrer Geburt konnte Anna Schubert fühlen, riechen, hören und sehen. Aber sie konnte sich kaum selbständig bewegen und nicht sprechen. Sie konnte hauptsächlich nicken und lächeln. Ärzte hatten ihren Eltern gesagt, sie sollen mit ihr reden, damit Anna lerne zu denken, als könne sie ganz normal kommunizieren.

Als Anna zehn war, kam ihr kleiner Bruder Jan zur Welt. Sie mochte ihn.

Als Jan fünf war, hasste er Anna, weil ihre Eltern ihr mehr Aufmerksamkeit schenkten als ihm.

Als Jan langsam in die Pubertät kam, begann Anna ihn zu hassen, weil er Dinge tat, die sie nie würde tun können.

Als Jan 14 und Anna 24 war, lasen ihre Eltern in einer Zeitschrift, einer Gruppe von Parapsychologen und Physikern sei ein bahnbrechender Durchbruch auf dem Gebiet der Psychophysik gelungen. Sie hatten einen per Gedankenkraft zu betätigenden Schalter entwickelt. Der Schalter könne nach einiger Zeit des Trainings von jedem auf jede beliebige

Entfernung hin bedient werden, ohne dass man sich von der Stelle rühren müsse. Der Schalter hatte einen eingebauten Zufallsgenerator, dessen Funktion auf dem Prinzip des radioaktiven Zerfalls beruhte. Eine kleine Menge Strontium 90 zerfiel so langsam, dass sie zufällig und mit gleicher Wahrscheinlichkeit in einer daran angeschlossenen elektronischen Apparatur den binären Wert 1 oder 0 erzeugte. In jahrzehntelangen Studien hatte man aber herausgefunden, dass der menschliche Wille auf den Zerfall des Präparats so einwirken kann, dass er kontrolliert, ob eine 1 oder eine 0 erzeugt wird. Man erhoffte sich durch diese Apparatur Ganzkörpergelähmten zu ermöglichen, ihre Rollstühle zu steuern. An einem komplexeren Interface, das diese Funktion erfüllen solle, wurde gearbeitet.

Annas Eltern schafften es, über das Internet Kontakt zu der Forschergruppe aufzunehmen. Bald kamen ein Psychologe mit Bart und Flicken an den Ellbogen seines Jacketts und ein Physiker mit Brille und Glatze bei den Schuberts zu Besuch. Jan lag zu diesem Zeitpunkt dämlich lachend vor einem Jugendheim in seinem eigenen Erbrochenen, nachdem er innerhalb einer halben Stunde zwei Packungen Roth-Händle geraucht hatte.

Die beiden Wissenschaftler redeten lange mit Annas Eltern. Anna hörte zu. Als der Psychologe Anna fragte, ob sie damit einverstanden sei, die erste Besitzerin eines PSI-Interface 1.27 zu werden, nickte sie und lächelte. Der Psychologe lächelte zurück und der Physiker nahm leicht zitternd einen Schluck Wein.

Pünktlich zum Heiligmorgen 2008, Anna war immer noch 24, brachten der Psychologe und der Physiker ein eineinhalb Meter hohes und einen Meter breites, grünes Paket mit einer großen roten Schleife bei den Schuberts vorbei. Annas Bruder Jan saß zu dem Zeitpunkt mit einer Flasche Kirschlikör in der Hand auf einer dreckigen Treppe in der Innenstadt und sagte zu seinen Freunden: "Ey, ischab abba den Längsten, wa!" obwohl seine Eltern Hochdeutsch sprachen.

Aus technischen Gründen fand die Bescherung für Anna schon am Vormittag statt. Das Paket wurde geöffnet und darin befand sich ein vollelektronischer Rollstuhl mit einem funktionstüchtigen PSI-Interface 1.27. Der Psychologe und der Physiker waren sich nicht zu schade um Anna höchstpersönlich in ihren neuen Rollstuhl zu setzen. Dann setzte der Physiker sich an den Küchentisch und nahm leicht zitternd einen Schluck Kaffee. Der Psychologe erklärte Anna, wie sie ihren neuen Rollstuhl zu bedienen hatte. An einem kleinen schwarzen Kästchen, das an der Armlehne des Rollstuhls angebracht war, befanden sich vier farbige Pfeile, ein grüner, der nach vorne zeigte, ein roter, der nach hinten zeigte, ein blauer, der nach rechts zeigte und ein gelber, der nach links zeigte. Anna müsse sich nur darauf konzentrieren den jeweiligen Pfeil, der in die Richtung zeigte, in die ihr Rollstuhl fahren solle, aufleuchten zu lassen. Sie werde es am Anfang wohl nicht immer schaffen, einen Pfeil, oder den richtigen Pfeil, aufleuchten zu lassen, aber nach einiger Zeit könne sie sich mit dem Rollstuhl überall hin bewegen.

Anna runzelte sofort die Stirn, starrte angestrengt auf den grünen Pfeil und dachte: „Leuchte, grüner Pfeil!" und der Pfeil leuchtete und ihr Rollstuhl fuhr langsam ein Stück vorwärts. Dem Physiker klappte die Kinnlade herunter, wodurch etwas Kaffee aus seinem Mund auf sein tadelloses weißes Hemd und seine blaue Krawatte lief. Anna überkam ein unbeschreibliches Glücksgefühl, weil sie jetzt verstand, wie es sich anfühlte sich zu bewegen, aber im gleichen Moment erschrak sie so sehr über ihre Fähigkeiten, dass das grüne Licht wieder erlosch und der Rollstuhl stehen blieb.

Der Physiker sprang auf, der Psychologe drehte sich zu ihm um, sie klatschten sich grinsend ab, liefen dreimal rechtsherum um den Küchentisch, liefen dreimal linksherum um den Küchentisch, sprangen jeder auf einen Küchenstuhl und sangen: „Es kommt die Zeit, Uwoho, in der das Wünschen wieder hilft. Es kommt die Zeit, Uwoho…"

In diesem Moment kam Annas Bruder Jan zur Haustür herein. Er blieb in der Küchentür stehen und fragte seine Eltern: „Wat sintattenn für Schrumpfbirnen?" Der Psychologe sagte lachend: „Selber Schrumpfbirne!" während der Physiker sich hinsetzte und leicht zitternd einen Schluck Kaffee nahm.

Der Psychologe vereinbarte mit Anna, dass er nach Weihnachten noch mal wiederkäme, um mit Anna ein bisschen zu üben, wie sie ihren Rollstuhl fahren könne. Dann verabschiedeten sich die beiden Wissenschaftler höflich und fuhren davon.

„Anna hat einen neuen Rollstuhl bekommen, den sie mit Gedankenkraft steuern kann," sagte Annas Vater zu Jan. Anna konzentrierte sich kräftig auf den blauen Pfeil und drehte sich dadurch ein Stück nach rechts, bis sie Jan direkt ansehen konnte. In ihren Augen lag ein diabolisches Funkeln, auf das Jan nur mit einem pubertären abrupten Ausstoßen von Luft durch Nase und Mund reagieren konnte. Auch seine Augen funkelten, allerdings eher skeptisch und etwas ängstlich.

Anna schaffte es zwar bald, ihren Rollstuhl in alle erdenklichen Richtungen zu bewegen, aber sie war jedes Mal schnell wieder erschöpft und konnte das PSI-Interface dann nicht mehr steuern. Der Psychologe kam bald häufiger zu Besuch und brachte Anna bei, dass es nicht darauf ankam, die Luft anzuhalten, oder sich irgendwie zu verkrampfen, oder irgendetwas mit ihrer Gehirndurchblutung anzustellen, so dass sie sich nicht mehr so anstrengen musste, um sich die Bewegungen ihres Rollstuhls zu wünschen. Er brachte auch ein paar technische Geräte mit und machte mit Anna ein Biofeedbacktrainig, damit sie lernte, ihren Organismus ruhig zu halten. Der Familie gab er eine kleine Einführung in grundlegende Tatsachen der Parapsychologie und Quantenphysik, damit sie verstanden, wie das PSI-Interface funktionierte. Er betonte dabei, wie wichtig es sei, dass alle Familienmitglieder an Annas Fähigkeiten glaubten, da das PSI-

Interface nur dann optimal funktionieren würde.

Jan verstand wenig von dem, was der Forscher ihm erzählte, aber in ihm wuchs eine leise Verzweiflung, weil es in seinem Leben etwas gab, das er unter keinen Umständen seinen Freunden erzählen konnte, von denen die meisten ziemlich unterbelichtet waren.

Bald konnte Anna den Rollstuhl sehr gut steuern. Es machte ihr keine Probleme die Kurven rechtzeitig zu nehmen, wenn sie vom Flur in die Küche einbiegen wollte, oder ein Stück zur Seite zu fahren, wenn sie irgendwo im Weg stand. Und wenn ihr Bruder sie mal wieder „Spasti" nannte, fuhr sie ihm einfach kräftig gegen sein Schienbein.

Der Psychologe konnte bald seine Besuche einstellen und als er sich bei seinem letzten Besuch verabschiedete, schenkte Anna ihm ein besonders liebevolles Lächeln. Nebenbei bemerkt: Annas Lächeln war berühmt, es hatte so viele Facetten, dass sie trotz ihrer Behinderung manche Männer um den Verstand bringen konnte.

„Wenn es irgendwelche Probleme geben sollte, rufen Sie mich *bitte* an!" sagte der Psychologe noch zu Annas Eltern bevor er ging, und man konnte an seiner Stimme hören, dass es ihm aus irgendeinem Grund sehr ernst damit war.

Kurz nach Ostern wachte Anna eines Nachts durch ein leises Geräusch im Flur auf. Sie hörte ein Schlurfen, wie von jemandem, der nicht mehr so gut gehen kann. Anna horchte und wusste plötzlich, wer da langsam durch den Flur auf ihre angelehnte Zimmertür zukam. Das war der Gang ihrer Oma, die früher bei ihnen gewohnt hatte. Aber sie war doch seit drei Jahren im Altersheim. Wie konnte das sein?

Und tatsächlich: Die Zimmertür öffnete sich und Annas Oma kam ins Zimmer. Sie setzte sich auf den Sessel, auf den sich sonst immer Annas Mutter oder Annas Vater setzten, um ihr aus Büchern vorzulesen, oder ihr Bruder, der spät abends manchmal noch auf die Idee kam, Anna beschimpfen zu müssen, ihr zu sagen, dass sie zu nichts tauge und dass er sie hasse, wobei Anna meist in Tränen ausbrach und fürchterliche Qualen litt.

Aber jetzt setzte sich ihre Oma auf den Sessel und sagte ganz ruhig: „Hallo Anna, mein Liebling!" Sie sprach sehr ruhig und so klar und deutlich, wie sie es getan hatte, bevor sie senil geworden war. „Anna, ich bin jetzt nicht mehr im Altersheim. Ich bin jetzt woanders, wo es sehr schön ist. Hier in deinem Zimmer ist jetzt nur ein Teil von mir." Anna stiegen die Tränen in die Augen. Sie wollte das nicht glauben, aber sie war sich ganz sicher, dass sie nicht träumte. „Anna, du kannst jetzt schon ein bisschen mehr tun als früher. Aber glaub mir, du bist noch zu viel, viel mehr in der Lage. Dein Bruder wird sich noch umgucken. Er ist ein schlechter Mensch geworden." Anna konnte nicht aufhören zu weinen, aber sie hörte jedes Wort ihrer Großmutter. „Hast du noch nie gemerkt, dass deine Mutter manchmal deine Gedanken lesen kann? Sie liest dir doch jeden Wunsch von den Augen ab. Glaub an dich, Anna! Du beginnst ein neuer Mensch zu werden." Annas Oma stand auf und streichelte mit einer etwas unbeholfenen Bewegung Annas Hand, wie es immer ihre Art gewesen war. Ihre Berührung fühlte sich unendlich warm und liebevoll an. Als ihre Oma gegangen war, heulte Anna so lange bis sie vor Erschöpfung einschlief. Kurz vorher hörte sie noch das Telefon klingeln und wie ihr Vater durchs Haus ging, um den Anruf entgegenzunehmen.

Am nächsten Morgen sagte Annas Vater Anna und Jan beim Frühstück, dass ihre Oma gestorben sei. Annas Mutter brachte kein Wort heraus, schließlich war es ihre Mutter gewesen.

Jan ging in die Schule, Annas Vater ging zur Arbeit und der Tag verlief für Anna relativ alltäglich, mit dem einen Unterschied, dass sie etwas erlebt hatte, von dem sie liebend gerne ihrer Mutter erzählt hätte, aber es nicht konnte.

Annas Mutter hatte ihr den Fernseher eingeschaltet und war dann in die Küche gegangen, wo sie alleine und schweigend mit Kaffee und Zigaretten saß. Anna machte das eigentlich nicht viel aus, denn sie sah tagsüber meistens fern.

Seit Anna den neuen Rollstuhl hatte, wünschte sie sich manchmal, die Wissenschaftler hätten auch am Fernseher einen Psischalter angebracht, damit sie wenigstens umschalten könnte.

Nachdem sie einige Zeit lang „Richterin Barbara Salesch" angeschaut hatte, wünschte sie sich sehnlichst, sie könne etwas anderes sehen. Eigentlich wusste ihre Mutter, dass sie die Sendung hasste und schaltete auf etwas anderes um, aber jetzt musste sie allein in der Küche sitzen, was Anna natürlich verstehen konnte. Anna dachte über die letzte Nacht nach. Sie war sich sicher, dass ihr Erlebnis kein Traum gewesen war. Sie konnte sich genau erinnern, was ihre Oma zu ihr gesagt hatte: „Du bist noch zu viel, viel mehr in der Lage." Anna hatte inzwischen eine ziemlich gute Kontrolle über ihre Fähigkeiten, also versuchte sie, diese auch an einem anderen Gerät auszuprobieren und tatsächlich schaffte sie es, den Fernseher umzuschalten. Allerdings erschien jetzt auf dem Bildschirm „Die Jugendberaterin", die sie ebenso wenig sehen wollte wie Frau Salesch. Anna fuhr in die Küche. Das Gesicht von Annas Mutter sah schon völlig verquollen aus, so viel hatte sie bereits geweint. Anna wünschte, sie könne ihrer Mutter erzählen, was sie erlebt hatte, stattdessen legte sie ihren Kopf ein wenig schräg und schenkte ihrer Mutter ein aufmunterndes Lächeln. Aber ihre Mutter sah sie nicht einmal an. Dann versuchte Anna es anders. Sie stellte sich vor, sie würde ihre Hand bewegen und ihrer Mutter den Kopf kraulen und tatsächlich bewegten sich die Haare ihrer Mutter. Daran, wie erschrocken ihre Mutter sie ansah, erkannte Anna, dass sie es gespürt hatte. Zunächst einmal sagte ihre Mutter gar nichts, aber dann, als sie akzeptierte, was passiert war, sagte sie nur: „Bitte, lass das!"

Anna wurde wütend darüber, dass ihre Fähigkeiten nicht akzeptiert wurden und ließ eine Tasse von der Spüle hochfliegen und auf den Boden fallen. Dann fuhr sie wieder ins Wohnzimmer und sah sich die gottverdammte Jugendberaterin an.

Annas Mutter rief den Psychologen an. Er versprach zu kommen, aber da er von weit her kam, würde er erst am nächsten Tag anreisen können.

Zum Abendessen gab es Spaghetti, da Annas Vater heute kochen musste und seine Kochkünste zu nicht viel mehr als Spaghetti ausreichten. Annas Mutter verlor kein Wort über die kaputte Tasse vom Nachmittag.

Jan sagte beim Essen: „Ich gehe nicht zur Beerdigung. Ich bin am Freitag verabredet und hab kein Bock auf die ganzen Verwandten." Anna wurde darüber immens wütend. Plötzlich sagte ihr Bruder „Au!", sprang auf und hielt sein rechtes Auge fest. Anna hatte sich vorgestellt, dass ihrem Bruder etwas ins Auge beißt. Zum Glück hatte sie wohl keinen echten physischen Schaden angerichtet, denn sein Auge war unversehrt, als er die Hand wegnahm. Aber jetzt nahm Anna all ihre Wut zusammen und ließ sie durch ihren Rücken aus sich herausfließen. Hinter ihr erschien eine Art dichter, weißer Nebel, der über ihren Kopf hinweg auf die andere Seite des Tisches schwebte, sich auf dem Teller ihres Bruders niederließ und sich dort zu feinen weißen

Fasern verdichtete, die wiederum zu einem weißlichen Schleim zerschmolzen.

Ihr Bruder krächzte nur: „Wat is datten für ne Scheiße?"

Und Anna sagte laut und deutlich: „Das ist Ektoplasma, und das isst du jetzt auf!"

## Blutläppchen und das Böse...

Ich war einmal ein Stück Aas. Ein Stück blutiges frisches Fleisch. Frisch getötet. Ich lag im Wald. Es war ein Stück Wald, das für Menschen nur unter größten Schwierigkeiten zu erreichen war. Ein Bach, der durch den Wald floss, teilte sich an einer Stelle, aber wie es die Beschaffenheit des Bodens gewollt hatte, flossen die beiden gerade entstandenen Bachläufe ein paar Meter weiter wieder zusammen, so dass eine kleine Insel entstand. Die Ränder der Insel waren mit Bäumen und Sträuchern bewachsen, von denen viele Nadeln oder Dornen trugen. Doch in der Mitte der Insel gab es eine nur von Moosen und Farnen bewachsene Fläche. In der Mitte dieser Fläche lag ich. Dieser Platz war für Menschen sicherlich nicht übermäßig attraktiv. Sie hätten gerade mal ein mittelgroßes Campingzelt dort aufbauen können. Für ein kleines blutiges Stück Fleisch wie mich allerdings war der Platz mehr als ausreichend. Menschen hätten diesen Ort durchaus erreichen können, wenn sie guten Willens gewesen wären, aber es wäre nicht einfach für sie gewesen. Sie hätten zunächst einmal den kleinen Graben, den der Bach geformt hat, überspringen müssen, was angesichts ihrer Beinlänge für sich genommen kein Problem hätte darstellen dürfen. Aber dann hätten sie noch am anderen Ufer, an dem die feindlichen Sträucher dicht gedrängt standen, Halt finden müssen. Für die Geschicktesten unter ihnen wäre sicherlich auch das machbar gewesen. Doch die zahlreichen wohl ungefährlichen aber zweifellos unbequemen Kratzer und Schnitte, die sie beim Durchqueren der Hecke hätten in Kauf nehmen müssen, hielten sie davon ab, sich mir zu nähern. Vielleicht hätte es Verlockungen gegeben, wie zum Beispiel viel Geld, die Suche nach einem Versteck oder die Hoffnung auf einen Schatz, die ihnen Grund gegeben hätten, die Insel zu betreten. Aber niemand hatte irgendein Interesse daran, ihnen Geld für dieses Vorhaben zu bieten, flüchtige Verbrecher oder versteckspielende Kinder hatten sich noch nie so tief in den Wald verirrt, und Piraten oder Raubritter, die Schätze vergraben haben könnten, hat es in dieser Region nie gegeben. Also blieb ich von der Gesellschaft von Menschen verschont. Tiere allerdings bekam ich häufig zu sehen. Entweder es waren Vögel, die das Innere der Insel natürlich spielend im Flug erreichen konnten, oder es waren kleine Tiere die sich im Sprung zwischen den Ästen hin- und herbewegten, oder aber Tiere, die gerade groß genug waren, um den Bach zu überspringen, und gerade klein genug, um durch die zahlreichen Schlupflöcher in der Hecke zu gelangen. Elefanten, die die Hecke einfach hätten niedertrampeln können, gab es hier nicht.

Nun hatte meine Anwesenheit an diesem Ort einen bestimmten Grund.

Ich war Teil einer Falle. Die Falle war derart konstruiert, dass, falls jemand mich von meinem Platz auch nur ein klein wenig entfernen sollte, denn selbständig bewegen konnte ich mich ja nicht, ein großer Käfig auf ihn hinabfallen würde, aus dem er sich aller Wahrscheinlichkeit nach, was natürlich im Einzelfall von seiner Größe und Körperkraft abhing, nicht selbst befreien konnte. Über den Konstrukteur dieser Falle weiß ich nichts. Sie muss vor mir da gewesen sein.

Eines Nachts, der weiße Vollmond schien hell durch das Geäst über mir und ich war in träumerische Reflexionen versunken, drang ein Geräusch durch die finstere Hecke zu mir herüber. Es war das übliche Rascheln, das Tiere erzeugen, wenn sie sich durch das Unterholz bewegen. Allerdings war es ungleich lauter. Zunächst dachte ich an Menschen, die für mich ja keine Gefahr dargestellt hätten, aber als ich genauer hinhörte, wurde mir klar, dass sich da jemand mit größter Geschicklichkeit durch den Wald bewegte, so wie es Menschen niemals tun. Es fehlte das laute Knacken von Zweigen, die unter den Sohlen ihrer plumpen und breiten Füße typischerweise zerbrechen.

Angespannt lauschte ich in die Nacht. Das Geräusch bedeutete zweifellos eine neue Erfahrung für mich, und ich war mir nicht sicher, ob diese Erfahrung angenehm oder unangenehm für mich werden würde. Wie ich bereits sagte, war ich ein Stück Aas, und ich lag sicherlich schon einige Tage hier. Ganz ohne Zweifel konnte man mich riechen. Und ich weiß nicht, ob meine Aufregung noch zur Intensität meines Geruchs beitrug. Sicherlich muss ich gezittert haben, als das Rascheln näher kam, und da ich auf trockenem Laub lag, erzeugte ich meinerseits auch ein Rascheln, das den Fremden draußen im Wald sicherlich die Vermutung meiner Anwesenheit nahe legte. Ich spürte etwas. Es schien mir als habe man meine Witterung aufgenommen. Mein Geruch in den fremden Nüstern war wie die beiderseitige Einwilligung in einen Pakt, der Stempel unter einen Vertrag über unser beider Schicksal. Als ich hörte, wie jemand über den Bach sprang, krampfte ich mich vor Angst und Neugier ganz und gar zusammen. Ich zählte drei Individuen, die auf meiner Seite des Baches ankamen. Einen Moment lang herrschte Stille. Gebannt starrte ich auf die Hecke, in der nun ein wildes und lautes Rascheln begann. Es dauerte länger als ich erwartet hatte. Aber dann traten drei große Wölfe aus der Hecke. Mit einemmal war ich vollständig entspannt und so wach wie nie. Meine Angst war verschwunden. Es gab jetzt keinen Grund mehr zu zittern und zu bangen. Mein Schicksal war mit diesem Augenblick besiegelt. Der Mondschein verlieh dem weißgrauen Fell der Wölfe einen unwirklichen Glanz. Ihre Körper waren ausgemergelt und der Hunger ließ ihre gelben Augen halb wahnsinnig vor Gier angesichts eines so wertvollen Schatzes lodern.

Langsam bewegte sich der größte von ihnen, er schien der Rudelführer zu sein, auf mich zu. Er berührte mich beinahe zärtlich mit seiner feuchten Nase, beschnüffelte mich neugierig.

Dann fühlte ich seine Zähne, die mich durchbohrten. Ich krümmte mich vor Schmerzen und spürte, wie ich hochgehoben wurde. Dann hörte ich den Käfig aus dem Geäst herabfallen. Der Wolf ließ mich fallen und ich sank erschöpft zu Boden. Ein Gefühl der Genugtuung machte sich in mir breit. Sollten sie mich doch fressen, ihnen würde sicher ein noch übleres Schicksal blühen. Wer weiß, was der Fallensteller mit ihnen macht, wenn er sie findet?

Während die Wölfe noch hektisch im Käfig herumliefen und sich verzweifelt gegen die bronzenen Gitterwände warfen, wurde mir langsam warm. Ich wartete darauf, dass mein kurzes Leben beendet werden würde. Mein Wille war gebrochen.

Die Wölfe gaben bald ihre sinnlosen Versuche, sich aus dem Käfig zu befreien, auf und sanken erschöpft und verzweifelt in sich zusammen. Man hatte mich vorläufig vergessen.

Ich lag still auf das Atmen der schlafenden Wölfe lauschend auf dem Boden und wartete. Während ich mich noch darüber freute, dass die Wölfe in die Falle gegangen waren, bemerkte ich plötzlich eine Veränderung an mir. Es waren nicht nur meine Verwundungen durch die Zähne des Wolfes geheilt, sondern ich war auch gewachsen. Ich hatte ein paar Zentimeter an Umfang gewonnen. Ich fragte mich wie das möglich sei, und eine leise Hoffnung begann in mir hoch zu dämmern, die ich zu diesem Zeitpunkt noch nicht in Worte zu fassen wagte.

Ich hörte die Mägen der Wölfe in ihrem Schlaf knurren. Als es Morgen wurde, wachte ein Wolf, ein schönes Weibchen, auf. Das Tier kam auf mich zu, und da es sich wahrscheinlich nicht mehr gegen seinen Hunger auflehnen konnte, biss es gierig in mein Fleisch. Wieder durchzuckte mich der Schmerz, aber sofort begann ich weiter zu wachsen. Die Wölfin ließ mich erschrocken fallen und wich einige Schritte zurück. Ihre gelben Augen hatten nun jede Grausamkeit verloren und sie war nur noch verblüfft. Die anderen beiden Wölfe wurden wach. Die Wölfin zog sich in eine Ecke des Käfigs zurück und kauerte sich dort zusammen ohne den Blick von mir abzuwenden. Die beiden anderen beachteten sie kaum und näherten sich mir nichts ahnend und hungrig. Auch sie bissen mich. Ihre Reaktion verlief ähnlich wie die des Weibchens. In diesem Moment hatte ich noch die Hoffnung, dass sie mich ab jetzt in Ruhe lassen würden. Ich wusste noch nicht, was es zu bedeuten hatte, dass ich nach jedem Biss von ihnen ein Stück wuchs, aber jetzt bin ich dankbar, dass sie der Hunger und ihr Instinkt zwangen, sich immer wieder auf mich zu stürzen. Die

Bisse blieben schmerzhaft, aber nach jedem Biss wurde ich ein Stück größer. Selbst als ich schon so groß wie sie selbst war und begann, Extremitäten zu entwickeln, konnten sie nicht von mir ablassen. Und immer wieder schafften sie es, mir einzelne Stücke aus dem Fleisch zu reißen und sie zu schlucken, gerade jedes Mal so viel, dass es für mich keinen großen Rückschlag in der Entwicklung bedeutete, und sie nicht verhungerten und weiterleben konnten. Ich nahm langsam menschliche Form an. Aber mein Körper entwickelte auch Merkmale, die der Erscheinung eines Wolfes entsprachen. So wurden zum Beispiel meine Ohren spitz und auf meiner Haut wuchs dichtes Fell. Als meine Klauen und Zähne groß genug und scharf genug waren, tötete ich die Wölfe und fraß das ganze Rudel. Mit ihrem Verzehr verschwanden meine wölfisch anmutenden Merkmale, so wie auch das reflektierte Ebenbild eines Menschen verschwinden würde, der in einen Spiegel springt. Und so, wie nur der Spiegel erhalten bliebe, blieb ich als ganz normaler Mensch übrig. Es war für mich ein leichtes, den Käfig hochzuheben, und der Insel zu entkommen. Die Dornenhecke riss mir zwar die Haut auf, aber an Verletzungen hatte ich mich inzwischen gewöhnt. Und heute denke ich bei jedem

Erfolg, den ich in der Welt der Menschen für mich verzeichnen kann, an die kleine Insel im Wald und bin erfüllt von Liebe und Dankbarkeit für den unbekannten Fallensteller.

## Zeitloch im Horrorwitz

Alexander Zeitloch setzte einen seltsamen Attraktor nach dem anderen. Währenddessen brüllte er immer wieder sein neues Mantra: "Schuld, Schuld, alle meine Selbstläufer, Schuld, Schuld, alle meine Selbstläufer..." Die Entropie trieb ihm die Tränen in den Blick, ein benzin- und säuregetränkter entflammter Sandsturm hätte es nicht besser vermocht. Er verliebte sich, verlor sich in sein Ego so fest er nur konnte, doch oben war unten und innen war außen. Kurz hatte er das Gefühl gehabt, als habe sein Atem sich überschlagen, als habe ein Atemzug den nächsten gleichermaßen eingeholt und übersprungen und schon war er tot gewesen. Nun war da nichts als das Chaos und er wollte doch noch irgendwohin.

Aber was heißt irgendwohin, wenn es unendlich viele Räume gibt und die Zeit sich in alle Richtungen erstreckt?

Alexander Zeitloch brach einen großen schweren Ast von einem vorbeirasenden Baum ab und flocht einen Faden aus

Ektoplasma, den er an einem Ende des Astes befestigte. Dann nahm er einen seltsamen Attraktor, den er Sören nannte, und hängte ihn ans herabhängende Ende des Ektoplasmafadens und steckte sich den Ast in die Spitze seiner Hexenpyramide. Bis zu diesem Zeitpunkt hatte er übrigens gar nicht gewusst, dass er so was hat - eine Hexenpyramide.

Der Entropiesturm wurde dichter und von einem vorbeirasenden Meteoriten brüllte ein Penner: "Versuch's mal mit Avalokiteshvara!"

"Schnauze!" brüllte Alexander zurück, sein Mantra unterbrechend und murmelte: "Vor diesen Mystikern ist man aber auch nirgendwo sicher."

Hinter Alexander stand übrigens die ganze Zeit schon ein schmunzelnder Engel, der ihm jetzt auf die Schulter tippte und sagte: "Nun, mein Kleiner, um mit Engelszungen zu reden, ich glaube nicht, dass aus dir noch mal was wird."

Alexander nahm sein Mantra wieder auf und brüllte "Schuld, Schuld, alle meine Selbstläufer!" direkt in die milde lächelnde Fresse des Engels.

Und dann dachte er liebevoll an Sören, der schon die ganze Zeit so eine seltsame Anziehung auf ihn ausübte. Zärtlich flüsterte er Sören zu: "Sören, bring mich dahin, wo der Pfeffer wächst!"

Sören tat sein Bestes und im Nu fand sich Alexander Zeitloch an einem schwarzen, kalten und sehr stillen Ort wieder. Hätte er noch eine Nase gehabt, hätte er übrigens niesen müssen. Der Ort war so schwarz, dass Alexander noch nicht einmal sich selbst sehen konnte. Er verabschiedete sich höflich von Sören und drehte sich vorsichtig zu dem um, wovor er geflohen war.

Angestrengt lauschte er in die Stille und blickte in die Schwärze bis er in weiter Ferne ein paar Engel ausmachen konnte, die sich vor Lachen die Bäuche hielten und denen Tränen über die Wangen liefen.

Alexander ließ seiner luziferischen Seite freien Lauf und brüllte in Richtung eines Ortes inmitten der und hinter den Engeln:

"Verstehe, die Hölle ist also der Ort, wo man nur die lachende Seite der Engel zu Gesicht bekommt."

"Ja, mein Sohn!" brüllte Gott, während ein kugelrundes Auge in keiner der uns bekannten Farben und mit 745 Billiarden Kilometer Durchmesser auf Alexander Zeitloch zugerast kam und 0,00000000002 Millimeter vor Alexander haltmachte.

"Es sind nur ihre Ärsche, die lachen, der Rest von ihnen ist mit anderen Dingen beschäftigt." brüllte Gott weiter.

Alexander schwört heute, er hätte sich in diesem Moment übergeben, wenn er gekonnt hätte.

"Gott, du bist so hässlich und ekelerregend." brachte Alexander wimmernd, schluchzend und zitternd hervor.

"Was willst du?" sagte Gott in seiner Güte und Milde, die Alexander als Ausdruck unendlicher Müdigkeit und Niedergeschlagenheit erkannte. Dabei schrumpfte Gott auf die Größe eines Senfkorns zusammen, das in weiter Ferne lag.

"Nun, ich dachte, vielleicht hätten die Menschen Interesse an einer prophetischen Zeitschrift. Der Titel wäre: Die Grenze. Inhalte wären unverständliche Wahrheiten und man könnte mit dem Ding die Weltgeschichte von vorne bis hinten neu aufrollen und ihr endlich mal einen humanistischen Touch geben. Die erste Ausgabe bekämen natürlich Adam und Eva und dann müsste man mal weitersehen. Was hältst du davon?"

Gott rülpste kurz und sagte dann: "Okay, hört sich nicht schlecht an, aber bevor ich dich das machen lasse, musst du mich erstmal in meinem neuen Egoshooter besiegen. Das Game ist echt Dope und es heißt: Horrorwitz. Ziel des Spiels ist es, mich zum Lachen zu bringen. Du musst mich einfach kitzeln. Da ich einiges gewöhnt bin, bedarf es dazu allerdings schwerster Artillerie, die Waffen habe ich in diesem Moment erschaffen und du musst sie erstmal aufsammeln, für jeden lachenden Engel bekommst du auch Punkte, aber das ist eigentlich unwichtig, denn den Posten des Chefredakteurs für die Grenze gebe ich dir erst, wenn du mich genug gekitzelt hast, damit ich lache, ein kleines Kichern reicht übrigens schon. Na denn mal los!"

Alexander Zeitloch raste nun vierzig Tage lang durch das Chaos und sammelte Kettensägen, Flammenwerfer, Raketenwerfer, Maschinenpistolen und was er sonst noch so fand, ihr kennt das ja, und verballerte schließlich drei Tage lang aus sicherer Entfernung seine gesamte Munition auf das 745-Billiarden-Kilometer-Senfkorn bis es kurz zuckte und ganz leise kicherte. Und Gott sprach:

"Ja, dann mach dich mal vom Acker! Deine Redaktion wartet auf dich."

Und im nächsten Moment fand sich Alexander Zeitloch in einem bequemen Chefredakteurssessel in einem großen Büro im Redaktionsgebäude der Grenze im Himalayagebirge wieder, vor ihm auf dem

Schreibtisch ein Aschenbecher, ein Feuerzeug, eine Schachtel Gauloises, eine dampfende Tasse Kaffee und ein PC. Und irgendwie, er konnte nicht sagen, warum, war ihm zugleich zum Lachen und zum Weinen zumute.

## Ein eigener Wille

Ein recht kleiner asketischer Mann mit kurz geschorenen Haaren streifte in diesen Tagen durch die Straßen der großen Städte. Es war die Zeit des jüngsten Gerichts. Die Erzengel standen an den großen Portalen, durch die sie diese Welt betreten hatten und durch die nun die Menschen geschleust wurden. Zunächst nur die Lebenden. Man hatte sich entschlossen, die Toten erst wieder aus den Gräbern auferstehen zu lassen, wenn alle Lebenden bereits fort waren, um ihnen den Anblick der verwesten Körper zu ersparen. Die Kinder und Gläubigen waren alle schon auf der anderen Seite, aber man hatte allen versprochen, dass sie einen Platz im Himmelreich bekommen würden. Im Moment schoben sich gewaltige Massen von Alten, Kranken, Verrückten, Atheisten, Okkultisten und Autonomen durch die Tore. Als sie das Licht gesehen hatten, das die Tore und die Erzengel umgab, sahen sie ein, dass es keinen Zweck hatte, noch länger hier zu bleiben.

Der kleine asketische Mann sah sich das Schauspiel geduldig an. Er wusste, welche Rolle er in dem ganzen spielte, und dennoch kam jetzt etwas Neues auf ihn zu. Er hatte keine Ahnung, was passieren sollte, wenn alle weg waren, aber das war ihm egal. Schließlich war er niemandem Rechenschaft schuldig und konnte tun und lassen, was er wollte. Er hatte die letzten paar Stunden auf einem Friedhof verbracht und beobachtet, wie einige junge und unerfahrene Engel die Auferstehung der Toten vorbereiteten. Sie waren fleißig mit Schaufeln zugange. Ihr größtes Problem waren die umkippenden Grabsteine, die immer wieder in die offenen Gräber stürzten. Sie dachten darüber nach, wie man die Grabsteine abstützen könnte, aber waren noch zu keinem Ergebnis gekommen. Sie schienen ohnehin nicht gerade die hellsten zu sein. Am Vormittag hatten sie drei Stunden lang während der Arbeit telepathisch darüber diskutiert, ob man für die Grabungen nicht Bagger einsetzen könnte. Die Tatsache, dass die Anweisung Schaufeln zu benutzen, von ganz oben kam, und dass ganz oben jemand saß, der für gewöhnlich ziemlich genau weiß, warum er bestimmte Anweisungen gibt, selbst wenn es *nur* er weiß, schien die Engel dabei nicht sonderlich zu beeindrucken. Nach langer Zeit war einer von ihnen dann doch zu der Erkenntnis gelangt, dass man mit Baggern wahrscheinlich die Leichen beschädigt. Und so hatten sie brav weiter geschaufelt. Der Mann kannte solche Probleme, wie die Engel sie am Vormittag gehabt hatten, nur zu gut, aber er konnte ihnen keinen Ratschlag geben, da junge Engel nie Ratschläge von irgendjemandem annehmen wollen, von ihm am allerwenigsten. Außerdem ließ sich sowieso niemand mehr von ihm beeinflussen, aber dafür hatte er wenigstens einen "ACCESS TO ALL AREAS"-Paß.

Damit war er auch an den Polizeiwachen vorbeigekommen, die den Friedhof bewachten.

Er hatte genug davon, die jungen dummen Engel zu beobachten und verließ den Friedhof, um mit halb gespielter Melancholie durch die Straßen der evakuierten Stadt zu spazieren. Eigentlich waren alle seine Gefühle halb gespielt. Er konnte nichts fühlen, auch wenn ihm danach war. Wenn er unbedingt ein bestimmtes Gefühl haben wollte, spielte er es einfach. Das war zwar nur eine Ersatzbefriedigung, aber in seiner Position gewöhnt man sich die bescheuertsten Dinge an.

So war ihm eigentlich erst vor drei Wochen bewusst geworden, was hier eigentlich los war.

Man muss sich das mal vor Augen führen! Zu der Zeit hatten viele bereits all ihre Aktien verkauft und begonnen, das dabei herausspringende Geld zu versaufen, und er, ausgerechnet er, saß einfach nur zu Hause und las. Er war entlassen worden - und hatte sich deshalb sogar Sorgen gemacht! Erst als der Brief mit dem besagten "ACCESS TO ALL AREAS"-Pass ankam, fing er wieder an sich zu erinnern, wer er in Wirklichkeit war. Er hatte schnell seine alte Sicht der Dinge zurückgewonnen und genoss es mit seinem Wissen und seiner wahren Einstellung die Menschen zu beobachten, wie sie die letzten Zuckungen der sterbenden Zivilisation auskosteten. Es verwunderte ihn zunächst ein wenig, wie lange er sein Wissen verdrängt hatte, aber er kannte ja die Gründe dafür. Er wusste wie leicht er sich aufregte und dass es in diesem Fall längst zu spät dazu gewesen war. Also hatte er eingewilligt, ein paar Jahrhunderte lang Kompromisse einzugehen, denn solange dauerten die Vorbereitungen für das Ende. Schließlich musste man den Menschen zunächst mal das Leben auf dieser Welt unerträglich machen, damit sie gehen. Aber jetzt war die

Sache endlich erledigt - Jahrhunderte nach seinem eigentlichen Sieg.

Es war früher Abend und man hatte heute noch einmal einen besonders schönen Sonnenuntergang veranstaltet. Als er durch die verlassene Stadt schlenderte, waren die Straßenschluchten von rötlich goldenem Licht erfüllt und zu seiner Überraschung fühlte er tatsächlich etwas bei diesem Anblick. Ihm war, als brenne in ihm ein schwarzes eiskaltes Feuer. Seine Eingeweide schienen zu Asche zu werden, während er äußerlich derselbe blieb. Es fiel ihm schwer, das Gefühl einzuordnen. Er genoss es, aber was war es? Sollte es etwa eine Art von Angst sein? Er wusste, dass er als Einziger zurückbleiben würde. Aber das wollte er ja. Nein, das Gefühl war Neugier, ganz klar. All das ausgelöst durch die Abendsonne, die die Fassaden der leeren Häuser golden färbte.

Er sollte sich davon nicht allzu sehr beeindrucken lassen. Schließlich hatte man die Naturwissenschaften entwickelt, um solche Effekte chemisch erklären zu können, damit sich davon niemand mehr verwirren lassen muss.

Er kam nun in die Nähe eines Portals. Man hörte schon von weitem die unvermeidlichen Geräusche, die eine große Menschenmenge nun mal von sich gibt.

Das Tor stand in der Mitte einer großen Kreuzung und heraus schien ein strahlendes warmes Licht. Er wusste, welchen Effekt dieses Licht auf alle Menschen hat, die es sehen, aber er war dafür nicht empfänglich. Neben dem Tor stand eine drei Meter große, androgyne Gestalt. Es war ein Erzengel, der über die verängstigten Menschen wachte. Der Mann ging zu ihm.

"Ihr solltet die Portale in große Mauern setzen. Das wirkt weniger irritierend auf die Leute." sagte der Mann. "Niemand weiß, was man sieht, wenn man um sie herumgeht. Das macht den Leuten Angst. Sie können diese freistehenden leuchtenden Tore nicht einordnen."

"Wer bist Du?" fragte der Engel.

"Prometheus!" Schmunzelnd zündete der Mann sich eine Marlboro an. "Ich habe den Menschen das Feuer gebracht."

Der Engel verstand nicht direkt. Sie haben immer noch Probleme mit der Ironie, dachte sich der Mann.

"Heißt das, Du bist der Lichtbringer? Luzifer?" fragte der Engel erstaunt.

"So hieß ich früher mal. Aber ich kann mich mit dem Namen nicht mehr identifizieren. Seit ich ein Opfer von Kompromissen geworden bin, klingt er mir zu heroisch. Nenn mich schlicht und einfach Teufel."

Der Engel schwieg und musterte den Mann. Er schien großen Respekt vor ihm zu haben, auch wenn er es nicht zugeben wollte. "Wir hatten alle angenommen, du würdest dich verstecken."

"Wozu sollte ich mich verstecken? Ihr habt doch nur gehofft, mir nicht mehr zu begegnen, nicht wahr? Ich weiß ganz genau, was ich in euch Erzengeln auslöse. Ihr fürchtet mich. Ihr seid nicht für eine Konfrontation mit mir geschaffen. Aber keine Angst, ihr müsst nicht um euren Glauben fürchten, ich bin ausgesprochen zurückhaltend geworden in den letzten Jahren. Aber glaub´ mir, wenn ich wollte, könnte ich dich selbst an der Existenz Gottes zweifeln lassen. Aber jetzt hat das ohnehin keinen Zweck mehr."

"Es ist das, was du immer wolltest, nicht wahr?", fragte der Erzengel den Mann, "Deshalb hast du mit dem ganzen angefangen; du wolltest eine Welt ganz für dich allein."

Der Mann hatte es sich nie so klar gemacht, aber wenn er darüber nachdachte, musste er zugeben, dass es stimmte.

"Ja." sagte er, und schien zum ersten Mal von etwas wirklich überzeugt zu sein. "Ich schätze es liegt in meiner Natur. Niemand kann seine Natur verleugnen, oder? Es ist meine Rolle, meine Aufgabe, ich bin so geschaffen."

Als der Engel diese Worte hörte, zuckte er kaum merklich zusammen. Es schien als ob sein Licht kurz flackerte. Der Mann bemerkte es nicht, er starrte nur nachdenklich auf den dunklen Asphalt.

Inzwischen war es Nacht geworden und fast alle Lebenden hatten diese Welt verlassen. Die jungen Engel führten noch die Körper der Toten durch das Portal. Der Anblick war scheußlich, obwohl der Modergeruch auf den Mann irgendwie feierlich wirkte. Während er das Schauspiel beobachtete, schweifte er in Gedanken immer mehr ab. Er konnte sich nicht vorstellen, wie es sein würde, wenn wirklich alle weg wären. Er würde auch die Engel nie mehr wieder sehen. Plötzlich kam ihm die Erkenntnis, dass er nie wieder eine Faust-Aufführung sehen würde. Höchstens auf Video. Was für ein lächerlicher Gedanke.

Als letztes gingen die Polizisten und wichtigen Beamten durch das Portal. Sie hatten noch die Evakuierung regeln müssen.

Bevor der Erzengel ihn verließ, drehte er sich noch mal zu ihm um. Es sah aus, als wolle er ihn bitten, mitzukommen, aber er sah wohl ein, dass dann nur alles wieder von vorne losgehen würde. Der Mann war überraschend ruhig. Er fragte noch, ob alle Portale gleichzeitig geschlossen würden. Der Engel bejahte. Darauf wandte sich der Mann um und ging weg. Er wollte das Schließen der Portale nicht mehr mit ansehen. Aber er bemerkte es dennoch, denn plötzlich kehrte eine nie da gewesene Stille ein. Der Mann dachte an eine verstummende Kirchenorgel. Das Lied war zu Ende. Keine Stimmen mehr, keine Schritte auf dem Asphalt, keine Autos. Kein Leben. Nie mehr. Er sah auf seine Uhr; sie lief noch. Er fragte sich, ob in ein paar Stunden die Sonne aufgehen würde wie immer, oder ob es Nacht bleiben würde.

Er war allein. Am Ziel.

Klang so die Stille vor Beginn der Schöpfung?

Bin ich Adam, Eva, die Schlange oder Gott? Stille, keine Antworten.

Es donnert, und Regen prasselt auf Dächer, Asphalt und Waldboden.

Man fühlt sich verarscht.

# EINSICHTEN

NICHTE INES
SCHEINT EIN
NICHTS (EINE
NICHTE INES,
NICHT SEINE).
NICHTE INES
SEICHT? NEIN!
NICHTE INES
SCHEINT NIE
SEICHT, NEIN.
NICHTE INES
SCHEINT EIN
NICHTS! EINE
EICHE SINNT:
„ICH, EIN NEST?"
„NEIN, SEICHT!
IN SEICHTEN
TEICH SINNE
ICH EIN NEST!"
NICHTE INES:
„NIE SICHTEN
TEICHSINNE
IN SCHEITEN
EIN NEST!" ICH:
„IN SCHEITEN???
NIST-EICHEN???
NEIN, SEICHT!!!"
NICHTE INES:
„NEIN! TISCHE!"

„TISCHE? NEIN!
NEIN, SICHTE
NICHTS!" EINE
NICHTE INES,
NICHT SEINE,
SCHEINT EIN
TEICH, SINNE
ICH. EIN NEST?
NEIN, SEICHT!
„ES, EIN NICHT-
SEIN, NICHTE?"
NICHTE INES:
„NEIN! SICHTE:
TISCHE!!!" - "NEIN!"
NICHTE INES:
„NICHT SEINE
TISCHE, NEIN!
NICHT SEINE
NIST-EICHEN!
NEIN. SEICHT."
IN SEICHTEN
TEICH SINNE,
NEIN, SICHTE
ICH EIN NEST.
„EISNICHTEN!!!
ICH!!! - EIN NEST!!!"
NEIN, SEICHT.
SIE NICHTEN.
NICHTE INES:
„ICH? EIN NEST?
NICHT EINES!

NEIN, SEICHT."
„ES - EIN NICHT-
SEIN, NICHTE!"


*EINE BEWUSSTE*
*FEHLINTERPRETATION DER*
EINSICHTEN *VON STEFAN SOEFFKY*

von Alexander Zeitloch

(ursprünglich erschienen in der Zeitschrift
DIE GRENZE, dem Magazin des Vereins
für Überzeitliche, Hinterräumliche
Philosophische Reflexion e.V. (Athen,
Kyoto, Prag), in den Ausgaben vom April
des Jahres 498 v. Chr. und vom September
des Jahres 2004 n. Chr.)

*in Erinnerung an William Shakespeare*
*und Martin Heidegger*


Was ist das Sein? Was ist das Nichts?
Fragen wie diese, meine lieben Freunde,
beschäftigen uns besonders intensiv in
Zeiten wie diesen, Zeiten, in denen der
Frühling begonnen hat, seine
stimulierenden Düfte zu verströmen, und

in denen die Gewißheit wächst, daß der Sommer auch dieses Jahr ein böses Ende nehmen wird. Wir wissen, was das zu bedeuten hat, aber wer weiß es noch? Gewiß weiß es Stefan Soeffky, das hat er in seinen EINSICHTEN bewiesen, einem Machwerk, das mit einer Länge von 64 Zeilen und exakt 640 Buchstaben nicht durch Größe zu imponieren versucht, sondern stattdessen durch ein sicheres Gespür für Sprache und Form, sowie eine Fülle von wahrhaft zeitlosen Aussagen zu überzeugen weiß, und gegen das sich die Bibel wie ein literarischer Turm zu Babel ausnimmt, nämlich klobig, langweilig und größenwahnsinnig. Eine Auswahl von sechs verschiedenen Buchstaben reicht dem Dichter aus, um uns alle signifikanten Hoffnungen, Sehnsüchte, Ängste und Krisen der menschlichen Existenz vor Augen zu führen. Vordergründig erscheint es so, als habe der Text nur zwei Hauptfiguren: NICHTE INES und ein vermutlich männliches ICH. Dem aufmerksamen Leser dürfte jedoch nicht entgangen sein, daß gegen Ende eine weitere namenlose Figur auftaucht, eine Stimme aus dem NICHTS, die das finale Urteil über die beiden Charaktere und ihre hoffnungslosen Bemühungen, ein NEST zu finden, verhängt: „NEIN, SEICHT."

Mitglieder unseres Vereins werden diese Stimme sofort als einer überzeitlichen Entität zugehörig erkennen. Und ist ihr Urteil nicht das einzige, das ein Mensch, der *wirklich* am Ende ist, über die nie enden wollenden krampfhaften Bemühungen zeitlich bestimmter Existenzen fällen kann? Mir scheint es jedenfalls so, liebe Freunde. Kommen wir aber nun zu den Geheimnissen des vorliegenden Textes, die nur solch exquisiten Geistern wie den Mitgliedern unseres Vereins offenbar werden dürften. Die wahren Protagonisten der EINSICHTEN sind nämlich: SEIN und NICHTS. Und obwohl beide explizit im Text vorkommen, bleiben sie dennoch verborgen in den Verstrickungen, die sich INES und ICH herzustellen bemühen, aus einer rasenden, wahnsinnigen und für unsere Verhältnisse lächerlichen Sehnsucht nach Verbindlichkeit heraus. Das wahre Ausmaß dieser Lächerlichkeit führt uns der Verfasser eindringlich dadurch vor Augen, daß er den Figuren eine bis aufs äußerste reduzierte Sprache zur Verfügung stellt, die es ihnen nicht erlaubt, sich anders mitzuteilen als durch Anagramme des Wortes EINSICHTEN. Und tatsächlich gibt es unter diesen Umständen nur ein finales Urteil, zu dem die Figuren gelangen können: NEIN, SEICHT. Hier offenbart sich dann auch der göttliche Sadismus des Verfassers, den er mit der Stimme aus dem NICHTS gemein hat, deren Hohn und Spott für INES und ICH wohl klingen mag wie das gütige Timbre eines gnädigen Gottes. Wir jedoch wissen nur allzu gut, wie hämisch dieser Gott hinter seinem Nikolausbart zu grinsen versteht, wenn er gegen Ende eiskalt diagnostiziert: SIE NICHTEN., und er INES scheinbar gütig, in Wahrheit jedoch im vollen Bewußtsein ihres endgültigem Scheiterns, einen letzten philosophischen Wink mit dem Zaunpfahl, eine „göttliche Offenbarung" ;-) , zukommen läßt: ES – EIN NICHTSEIN, NICHTE. Kennern der Literaturgeschichte wird die Ironie in diesem Schluß sofort ins Auge springen, denn dies ist die Antwort, auf die Gott Hamlet vergeblich hat warten lassen, die er NICHTE INES aber erteilt, obwohl sie nicht danach gefragt hat. Was für eine Pointe! Was für ein Brüller! Welch ein kosmisches Sichbepissen muß bei jedem verständigen Leser auf die Lektüre dieser Worte folgen! Schließen wir also mit der Antwort Albert EINSCHTEINs auf die Frage eines Reporters, ob denn das Phänomen Zeit als solches nicht äußerst faszinierend sei. Er antwortete: NEIN, SEICHT.

# Zen-Duell auf einer Schweizer Luftmatratze

## eine Ode an Kalvin Corona

„Eröffnen wir das Gespräch doch mal zur Abwechslung mit einem Kompliment, mein Lieber. Wie wäre es, wenn ich dich im Namen aller anwesenden Quark-Antiquark-Formationen sozusagen in Anlehnung an Kierkegaards Drei-Stadienlehre mit aller Rücksicht auf deine sorgsam gehüteten Vorlieben in Sachen Fußball als snobistischen Wiederkäuer bezeichnete?"

Ich bemühte mich, meinen zebragemusterten Kugelschreiber nicht aus den Augen zu verlieren, während auf meinem Notizblock eine Fliege saß, die das Spiegelbild von Kalvin Coronas Antlitz in den Schweißperlen auf meiner Stirn bewunderte.

„Mir hat noch keiner gesagt, deß ich ain Rind ßai." erwiderte Kalvin gelassen, seinerseits verliebt in die Fliege, die ihn jetzt offen anbetete. Die Bewegungen ihrer Vorderbeine ließen vermuten, dass es sich um eine muslimische Fliege handelte, die in Kalvin einen längst verloren geglaubten Propheten erblickte. Unbeeindruckt davon notierte ich Kalvins Aussage in einer von mir selbst erfundenen Kurzschrift, die zu lesen nur ich im Stande bin, die mir aber das Gefühl gibt, dass das Vorwärtsschreiten der Zeit, wenn schon nicht mehr aufzuhalten, dann doch wenigstens zu archivieren sei.

Kalvin ist 48, katholischer Hinduist und hat in seinem Leben schon so manchen Stilbruch mitgemacht. Nachdem er sich von seiner ersten Frau, einer bisexuellen Zahnärztin hat scheiden lassen, eröffnete er einen Ashram irgendwo im Allgäu, wo er die meiste Zeit in seinem Naturheilkräutergarten meditierte und den gezähmten Biber, den er von einem Kanadaurlaub mitgebracht hatte, und der dann auf seinem Schoß schlummerte, kraft seines Willens im Tiefschlaf hielt. Jetzt lebte Kalvin in einem Vorort von Osnabrück, wo ich ihn zwecks eines Interviews für Schöner Wohnen besucht hatte.

Die Fliege hatte mittlerweile eine winzige Gebetsmühle hervorgeholt und summte ein leises OM.

„Wir fühlen mehr als andere." sagte ich, weil mir gerade nichts besseres einfiel, und versuchte nicht zu schlucken, denn in der

Gegend meiner Speiseröhre machte sich ein vermutlich schwarzes Gefühl breit, dass sich zunächst in der horizontalen ausbreitete und dann langsam weiter abwärts Richtung Magendarmtrakt kroch.

„Nun ja, wer die Wahl hat…" flüsterte Kalvin, holte aus und zerschlug die Fliege, so dass die Luftmatratze, auf der wir saßen, heftig ins Schwanken geriet, was mich allerdings nicht weiter beeindruckte, denn am Rand des Pools stand Kalvins pralles blondes Hausmädchen Sheila in ihrem pinkgelbgrüngeblümten Badeanzug neben einem knallroten Barbecuegrill und bestrich vier verschrumpelte tote Tauben mit Marinade, womit sie einen glänzenden Speichelfaden, der von meiner Unterlippe herabhing, etwa um zwei Zentimeter pro Minute verlängerte.

„Hast du eigentlich Vorbilder, Kalvin?"

„Winston Churchill, Howard Phillipps Lovecraft und Heinz Rühmann."

Eifrig notierte ich jedes Wort, das Kalvins Organismus ausstieß, und wurde gerade, als ich das m in Rühmann zu Papier bringen wollte, von Sheilas schrillem, lispeldurchsetzten Schrei unterbrochen:

„Die Hühner sind fertig, Honey!"

„Es handelt sich um Tauben, Darling!" gab Kalvin nonchalant zurück. „Aber trotzdem

Danke! Du kannst jetzt die Maschine vorbereiten."

Für einen Moment kehrte Ruhe ein und Sheila stand genau senkrecht zum Erdboden auf ihren weißen Plateausandalen, den Marinadepinsel locker in der rechten Hand, den kleinen weißen Designermarinadeneimer in der linken, blinzelte einfältig aber unauffällig hinter ihrer getigerten Sonnenbrille und walkte ihren Kaugummi exakt fünfmal durch, bevor sie ein markerschütterndes „Okay, Schatzi!" ausstieß, sich auf dem Absatz herumdrehte und aus unserem Blickfeld eilte.

„Sie ist so wundervoll", bemerkte Kalvin, „Du musst wissen, ich habe sie auf einem Markt in Nepal ersteigert. Sie war sozusagen das Opfer einer Haremsauflösung."

„Einer Haremsauflösung?"

„Ja. Sie war Haremsdame bevor wir uns kennen lernten. Aber ihr Arbeitgeber, ein afghanischer Prinz, starb an Herzinfarkt."

Ich schluckte.

„Und er blieb kinderlos", setzte Kalvin hinzu, „deshalb konnte sein Harem nicht vererbt werden. Außerdem..." Kalvin holte ein Taschentuch hervor und wischte sich damit den Schweiß von Stirn und Nacken.

Ich begann zu zittern. Urplötzlich war mir

eiskalt, obwohl es ein wolkenloser, heißer Julitag war.

„Was außerdem?" fragte ich, selbst erstaunt über das Krächzen meiner Stimme.

„Außerdem glaubten alle, sie sei Schuld an seinem Tod gewesen. Es war die Mutter des Prinzen, die sie vor der wütenden Meute rettete und nach Nepal brachte."

Ich überlegte, was ich sagen sollte. Schließlich entschied ich mich dafür, meiner Neugier, dem wichtigsten Laster jedes guten Journalisten, nachzugeben.

„Und?"

„Was, und?"

„War sie wirklich schuld an seinem Tod?"

„Ich weiß es nicht." antwortete Kalvin. „Sie redet nicht gern über ihre Vergangenheit."

Kalvin hob die Linke und blickte lange und konzentriert auf seine Uhr.

Es war seltsam. Als Sheila mir am Vormittag die Tür geöffnet hatte, war mir sofort klar, dass sie zu höherem berufen war als zum Hausmädchen. Und jetzt musste ich erfahren, dass diese wunderschöne Frau wahrscheinlich ihr ganzes Leben lang nur ausgenutzt worden war. Vielleicht hatte sie ihren ehemaligen Arbeitgeber, den Prinzen, wie auch immer er heißen mag, absichtlich getötet. Vielleicht steckte in dieser Frau eine Mörderin, und Kalvin Corona, den ich immer für so großartig gehalten hatte, stellte sie als Haushälterin ein. Mir stockte der Atem. Meine Empörung stand jedoch spürbar in Widerspruch zu meinen immer noch romantischen Vorstellungen davon, wie das Leben eines Schriftstellers auszusehen hatte und natürlich zu meinen Trieben. Was hätte ich für eine solche Muse wie Sheila gegeben?

„Willst du noch ein Bier?" fragte Kalvin.

„Nein, danke." Ich hatte vorerst genug. Schon den ganzen Tag über hatte Kalvin abwechselnd Bier und Eiskrem aus der scheinbar unerschöpflichen Kühlbox, die am Heck der Luftmatratze angebracht war hervorgeholt und inzwischen hatte ich das Gefühl, dass das meiner Gesundheit bereits ernsthaften Schaden zugefügt hatte, aber ich weigerte mich, ins Wasser zu erbrechen und der Beckenrand schien so unerreichbar, dass ein Gang zur Toilette mir utopisch erschien.

„Fünfzehn Uhr Vierundvierzig. Es wird langsam Zeit zum Tontaubenschießen." Kalvin öffnete ein weiteres Mal den Kühlbehälter und entnahm ihm diesmal die Einzelteile eines Maschinengewehres, die er eilig zusammenschraubte. Langsam erwachte mein Stolz, Stolz darüber, dass mir noch nicht schwarz vor Augen geworden war, dass ich es immer noch neben Kalvin Corona aushielt, obwohl ich jetzt Hass für mein ehemaliges Vorbild empfand, denn er, dessen Ratschlägen ich so lange gefolgt war, hatte sich heute als Arschloch entpuppt. Doch anstatt eine Welt in mir zusammenbrechen zu fühlen, spürte ich eine unfassbare Erleichterung, obwohl ich wusste, dass all die Jahre, in denen ich meine Freunde und Feinde mit Coronazitaten wie zum Beispiel „Geh nach Disneyland und sieh, wofür du als Individuum geopfert wirst!" genervt hatte, umsonst gewesen waren. Mit einer Geste ungeheuren Triumphes warf ich Kugelschreiber und Notizblock ins Wasser, doch weder Kalvin noch Sheila, die inzwischen wieder aufgetaucht war und eine Tontaubenschleuder in Position brachte, runzelten auch nur die Stirn. Ich war aus ihrer Welt verschwunden und nahm an einem Ritual teil, das sie, wie ich später im Krankenhaus erfuhr, jeden Nachmittag mit den gleichen Dialogen, den gleichen Gesten, mit wechselnden Gästen und häufig auch nur zu zweit abhielten.

„Okay Darling. Schieß los!" rief Kalvin, woraufhin Sheila kicherte wie ein kleines Kind unterm Rasensprenger. Sheila legte die erste der gebratenen Tauben auf die Schleuder, und FluppRattatatBlatsch, machte es.

Kalvin hatte acht Kugeln gebraucht um die Taube zu zerstören. Die erste Kugel traf das Tier in die Mitte, dort wo früher einmal ein Darm gewesen war, bohrte sich in das pikant gewürzte Fleisch und änderte Flugrichtung und Geschwindigkeit des Lebensmittels. Die zweite Kugel trieb den Saft aus dem Braten und teilte ihn in sechs gleich große Stücke, die jeweils von einer weiteren Kugel zerfetzt wurden.

Die fettigen Knochen- und Fleischstücke regneten auf Sheila herab, deren Entzücken jetzt zu Ekel wurde, und ihr Kichern analog dazu zu einem schrillen „Iiiieeh!"

„Stehst du auf Jesus?" fragte Kalvin mich plötzlich.

„Er war der größte Yogi Israels." entfuhr es mir ohne dass ich gewusst hätte, woher ich die Schlagfertigkeit zu dieser Antwort nahm.

„Gut." entgegnete Kalvin ohne mit der Wimper zu zucken, während schon die nächste Taube ihren Weg gen Himmel antrat. Kalvin fing sie mit einer einzigen Kugel ab, die den Vogel kurz in der Luft verharren ließ, woraufhin er senkrecht hinabstürzte und im Pool versank. Durch den Rückstoß des MG waren wir inzwischen weit weg vom Ufer. Mein Blick fiel wieder auf Sheila, die angefangen hatte zu heulen und sich nicht entscheiden konnte, ob sie sich die Ohren zuhalten, die Fleischreste vom Körper wischen, oder die Taubenschleuder bedienen sollte. Wie gerne hätte ich die Tränen aus dem Dekolleté diese Frau geleckt, doch sie gehörte einem übergewichtigen Esoterikfreak mit langem verfilztem Bart und Glatze.

„Los, Baby! Mach uns ´ne Himmelfahrt!" brüllte Kalvin und die dritte Taube flog durch die Luft. Diesmal ließ er eine ganze Salve los, die Taube jedoch flog weiter und weiter und es schien, dass das MG zu schwer für Kalvins dünne Arme geworden war, denn es sah so aus, als würde dieses Exemplar unbeschadet zu Boden gehen. Doch etwa in Höhe von zwei Metern über dem Boden erwischte Kalvin den Columbidaekadaver, den er mit zwei Kugeln an eine Buche nagelte.

„Der erste Märtyrer unter den Vögeln." beliebte Kalvin zu scherzen, doch ich hatte das Bedürfnis noch einen draufzusetzen.

„Glaubst du nicht, dass du das mit der Askese ein bisschen zu ernst nimmst?" fragte ich. Kalvin schaute mich mit seinen extrem hellen, blauen Augen verdattert an. Jetzt fiel selbst ihm, dem Gewinner des Ehrenpreises der Leichlinger Buchhändler nichts mehr ein.

Die letzte Taube flog bereits, doch Kalvin hätte sie nicht mehr erwischt, selbst wenn er Wert darauf gelegt hätte. Kalvin und ich schauten zu der Taube hoch und für einen Moment huschte ein Schatten über die Sonne und ein Steinadler schwebte auf die Taube zu, ergriff sie lautlos und flog davon. Als wir uns von dem seltenen Anblick erholt hatten, fielen unsere Blicke wieder auf Sheila, die völlig aufgelöst von einem Bein aufs andere trat und zitterte.

„Gleich pinkelt sie wieder." sagte Kalvin. „Und was Askese angeht: Askese kann man gar nicht Ernst genug nehmen."

Doch es hatte sich etwas verändert. Mit einemmal fegte ein kalter Wind durch den Garten, der Himmel bewölkte sich und wir hörten ein leises Brummen langsam näher kommen. Eine Hummel kam vom Ufer her zu uns herübergeflogen, setzte sich kurz auf die Luftmatratze und flog dann wieder weg. Ich glaubte, sie im Wegfliegen ganz leise kichern und „Arschlöcher!" sagen zu hören. Das war allerdings nur ein Ablenkungsmanöver, denn plötzlich erhob sich eine weitere Hummel, die an Kalvins Seite den Stöpsel aus der Luftmatratze gezogen hatte.

„Schöne Scheiße!" sagte Kalvin und beeilte sich, sein Bier auszutrinken. „Die Sonne wirft mal wieder ihre Schatten voraus."

Auf einmal packte mich etwas am Knöchel und zog mich in die Tiefe und von unten sah ich noch Kalvins Arsch in der Luftmatratze versinken. Weitere Schüsse lösten sich jetzt aus Kalvins Gewehr, für einen Moment glaubte ich, er sei so verrückt, auf die Hummeln zu schießen und vielleicht war er das auch, aber getroffen hatte er augenscheinlich Sheila.

Ihr Todesschrei war noch unter Wasser zu hören und für mich war klar, dass ich nie wieder ein Vorbild haben würde. Wie konnte Kalvin nur so verrucht sein und diese Göttin umbringen?

Ich wurde herumgeworfen und sah, dass es ein Riesenkrake war, der meinen Knöchel in der Mangel hatte. Mein Gott! Ich hatte nicht gedacht, dass es derart fanatische Lovecraft-Fans geben könnte. Und schneller als ich denken konnte, fand ich ein Glas Tequila in meiner Hand. Der Krake trug einen grünen Zylinder und befand sich hinter einer Bar, die auf dem Grund des Pools angebracht war. Jetzt war auch Kalvin neben mir auf- oder besser gesagt abgetaucht. Und auch er erhielt von dem Riesenkraken ein Glas Tequila.

„Nun!" sagte Kalvin mit einem Achselzucken zu mir. „Ich leiste mir eben kleine Geheimnisse vor Sheila. Cheers!"

„Blub!" war alles, was ich antworten konnte. Ich blickte an mir herab und fand in meiner rechten Hand einen blutverschmierten Dolch aus pinkfarbenem Glas, gefüllt mit Fluorwasserstoffsäure, die die kostbare Waffe langsam von innen her auflöste. Was mir jedoch in diesem Moment am meisten missfiel, war der erhobene Zeigefinger des Tintenfisches, der mit hochgezogenen Augenbrauen, halbgeschlossenen Lidern und charmantem Lächeln eine letzte Frage an Kalvin Corona richtete:
"Nice to have you, Mr. Corona. Fishing for Satoris again?"

Liegengelassen auf einer Decke aus Schnee

„Du bist eine Drohne, ein nutzloses Nichts!" hatte sie gesagt und lag damit ganz richtig. Er war besoffen und hielt sich die blutende Nase, merkte gar nicht, dass er weinte.

„Nimm dich vor ihr in Acht", sagte es, denn es meinte es gut mit ihm. „Ich kann dich nicht davor beschützen, dass sie dir ins Gesicht tritt, sie ist wütend auf dich, aber verrückt geworden ist sie nicht – nur gefährlich."

Als sie, in Ermangelung ihrer Handtasche, denn die war soeben gestohlen worden, sein Fahrrad auf ihn warf, schaffte er es nicht, sich schnell genug weit genug wegzurollen, so dass der Lenker ihn in die Nieren traf. Er schrie laut auf und es schrie mit ihm, denn es bekam Angst vor der Welt, in der Fahrräder auf einen geworfen werden, wenn man sowieso schon am Boden liegt.

„Steh endlich auf, du Idiot!" schrie sie und seine Kehle begann zu schmerzen, weil dort ein Geschwür aus Leid saß. Er und es, sie fühlten ein und dasselbe, waren eins geworden. In der Nacht wo es entstanden war, da war es ihm noch fremd gewesen, doch über die Jahre hatte er sich an es gewöhnt und begann immer mehr in ihm einen Ratgeber zu sehen. Es kam von einem Ort, so vermutete er zumindest, wo man besser über die Bedingungen für ein gutes Leben Bescheid weiß als dort auf dem Schnee, wo ihn die Diebe, die Schläger angegriffen hatten, wo diese Dämonen einen Angriff auf den kleinen Himmel ausgeführt hatten, den er und sie mit seiner Hilfe um sich herum gebaut hatten.

Er begann alles aus sich herauszuschreien: „Ich weiß, dass ich dich nicht ernähren kann, nur deine Gnade lässt mich doch noch leben!" Und es schrie lauter als noch eben. „Du kannst mir meine Liebe für dich nicht wegnehmen. Aber jetzt muss es wohl aus sein. Dann führ deinen Schlag doch endlich richtig aus, und bring mich um." Und das Kind, das an der Seite seiner Mutter stand, glaubte, es müsse sterben, so sehr tat es weh, all das zu hören und all das zu sehen. Die Mutter hielt es fest als es schreiend auf seinen Vater zustürmen wollte, der nicht aufhörte Dinge zu brüllen, die es nicht ganz verstand. Sie nahm es auf den Arm, rückte seine kleine bunte Mütze zurecht und schob ihr Fahrrad nach Hause ohne auch nur einen Ton zu sagen.

Gut Getroffen


Peng!
Jeden Morgen
wache ich auf
als Insekt.
Ich weiß nicht wie lange schon,
aber jeden Morgen
muss ich zunächst
angestrengt das Gefühl loswerden,
dass etwas nicht stimmt.
Und dann sehe ich draußen
in eure Fressen.
Und auf jeder Stirn steht: „Mein Kampf!"
Und jedes Auge in der S-Bahn
sucht ihn zu gewinnen,
strebt nach dem Sieg,
und etabliert so
den Krieg.
Und jedes Kleidungsstück,
jedes Logo,
jeder Markenname,
jeder Beruf,
wird zur Waffe
gemacht.
Aber alles ist in Ordnung,
alles normal und

der Ausnahmezustand
war nichts
als ein unruhiger Traum.
Und wieder ein Morgen und ich bin
geliefert.
In Panik stottert mein Kopf
sich Worte zurecht.
Huschendes Fabulieren im Innern
bietet mir Schutz.
Alles, was mir übrig bleibt,
sind Sätze,
Waffen, die ich schärfen muss,
polieren und laden,
um sie dann auf meine Stirn zu schreiben.
Und nun wartet ihr auf meinen
Angriff und ahnt nicht,
dass er gerade
vorbei ist.
Und ich habe euch längst getroffen.

## Aus der Traum

„Zeitweilig war mir, als sei ich in einem nicht enden wollenden Traum gefangen. Jetzt, wo ich erwacht bin, verblüfft es mich, dass mein Traum reale Konsequenzen hat, die nicht nur ich wahrnehme."

„Aber jetzt bist du wach, mein Sohn, nun berichte mir, wie es dir nach deinem Delirium ergeht."

„Vater, ich weiß jetzt, wer mir das angetan hat. Ich dachte zuerst, es sei Gott gewesen. Doch nun weiß ich, das allein ich selbst mich so zugerichtet habe."

„Aber haben das nicht deine Feinde getan?"

„Nein Vater, ich allein bin mein eigener Vampyr, wie wir alle es sind, und ich will mir nun für alle Zeit die Fangzähne aus dem Fleisch reißen, damit ich ruhig sterben kann, wenn der Zufall es will, wenn mein Herz nicht mehr schlagen und mein Blut nicht mehr fließen möchte."

„Du sprichst in Rätseln, mein Sohn. Vernebelt gar der Satan dir noch den Verstand?"

„Der Satan war ich, Vater, der dämonische Vampyr, der Inkubus, der mich vergiftete.

Als ich mich entschloss, in den Krieg zu ziehen, richtete ich mich selbst. Ich soff mein eigenes Blut in den Schlachten, nur weil ich nicht auf den Tod warten konnte."

„Und nun lebst du, obgleich verstümmelt. Du lebst, nicht wahr mein Sohn? Wirst du umkehren und den Weg des Lebens gehen?"

„Ich bin unentschlossen, Vater. Die Versuchung ist groß, doch ich wähle das Leben."

„Wähle es mit all deiner Kraft. Wolle es wie nichts je zuvor. Wähle es mit deinem Herzen."

„Vater, gebt mir jetzt die letzte Ölung. Ich weiß, ich werde gleich sterben."

„Wie kann das sein? Du hast den Weg des Lebens gewählt. Du hast den Satan verbannt aus deinem Herzen."

„Es scheint mir, der Vampyr hielt mich am Leben."

„Dein Arzt sagt, du stirbst nicht. Es ist wohl das Morphium, das dich verwirrt."

„Vater, so gebt mir die letzte Ölung!"

„Warum sollte ich das tun?"

„Weil ich es bin. Ich bin Gott, dein Herr!"

Das Mitgefühl des Priesters mit dem armen Soldaten, dem soeben beide Beine amputiert worden waren, schlug in Ekel und Verachtung um, als er diese Worte vernahm. Während er sich von dem

Verwundeten abwandte, rief er auf ihn deutend den Sanitätern zu:
„Gebt ihm eine Zyankalikapsel!"

Walpurgislachen

Liebe Hexe,
bitte lass uns
unter grünen Bäumen alles
machen, alles,
was uns Spaß macht.
Bitte lass uns beide fühlen
wie wir mehr und mehr
zum Lachen kommen
über alles außer uns.
Lass uns Augen
für einander haben,
wenn die Welt tanzt
zu dem Klang unseres Lachens.
Unter grünen Bäumen
lass uns wissen
wie viel Hoffnung
wir verdienen.
Lass uns lachen,
lass uns lachen,
lass uns schöne Sachen machen
lass uns beide endlich lachen
unter grünen Bäumen.
Liebe Hexe kannst du das
unter grünen Bäumen?
Wenn du's nicht kannst,

erklär mir,
warum.
Warum ich es kann?
Ja darum!
Liebe Hexe,
lach doch mal!

## Der schottische Elefant

Wie fing der Wahnsinn an? Schwer zu sagen. War es das Gras, das sie im jetzt zu Ende gehenden Sommer in rauen Mengen konsumiert hatte? War es die Livemusik im Freien? War es das Gefühl sich selbst nach Jahren mal wieder auf Video gesehen zu haben und dabei endlich einmal nicht mehr jemand Fremden zu sehen? Stattdessen war sie mit dem Bild, das sie abgab, da es durch die Aknenarben, die vor dem morgendlichen Spiegel so übermächtig erschienen, im großen und ganzen doch nichts an Ausstrahlung einbüßte, ganz zufrieden. Als sie sich sah, fühlte sie sich in ihrem Bild selbstverwirklicht.

Damit fing es wohl an. Narziss sieht sein Spiegelbild im Wasser und ist im selben Augenblick gefangen. Das Gras war der nächste Schritt. Es ließ ihr Denken immer mehr Sprünge machen.

Die Wellen kräuselten sich. Bald dachte sie schneller als jeder andere. *Tsunami, tsunami came washing over me...*

Die Riesenwelle riss sie fort. Wenn ihr das Gras ausgegangen war, lag sie manchmal drei Nächte nacheinander wach und dachte.

Sie dachte alles, was es zu denken gab. Sie dachte ihr eigenes Leben von der Geburt bis zu dem Moment wo die Sonne aufging. Sie dachte Romane, Philosophien und Religionen.

Sie verarbeitete und erfand. Und bald erfand sie zu dem, was sie erlebt hatte und verarbeitete, etwas hinzu und das begann sie dann zu glauben. Sie besorgte sich neues Gras um wieder schlafen zu können und es zeitigte seine Wirkung. Es erleichterte sie, wieder müde werden zu können, doch Gras verwandelt den menschlichen Verstand auch in eine superkreative und hyperschnelle Informationsverarbeitungsmaschine, was sich vor allem dann bemerkbar macht, wenn seine sedierende Wirkung abgeklungen ist. *Tsunami, tsunami came washing over me...*

War sie jetzt süchtig? Sie wollte nicht süchtig werden also ließ sie das Gras irgendwann sein als ein weiteres Tütchen leer war. Doch wieder wurde sie unruhig und wurde wieder von so vielen Gedanken umspült, dass sie keine Zeit hatte, sich viele davon zu merken, oder sie aufzuschreiben, auch wenn die meisten es wert gewesen wären. Sie wurde von ihrem eigenen Genie überwältigt. Und wieder fand sie keinen Schlaf.

Wenn man drei Tage am Stück wach ist, besteht man nur noch aus Angst. Es gibt keine Zufälle mehr. Jede Begegnung auf der Straße scheint von unsichtbarer Hand gesteuert und die Sonne dringt unangenehm kalt durch die Kleidung. Hatte man am ersten der drei schlaflosen Tage nicht oder kaum gegessen, denn Essen bremst und zunächst ist man ja verblüfft und erfreut über die ungeheure Geschwindigkeit in der die eigene Existenz rotiert, schaufelt man sich jetzt drei Mahlzeiten gleichzeitig hinein um endlich wieder an Schwere und Bodenhaftung zu gewinnen.

Irgendwann bemerkte sie, dass sie Ruhe fand, wenn sie sich äußerte. Sie hätte das aufschreiben sollen, was sie dachte. Aber dafür ging alles viel zu schnell. So äußerte sie sich, indem sie eine metaphysisch-okkulte Erkenntnis mit einem Monty-Python-Witz vermischt wiederholt durch die Straßenbahn krakeelte.

Der Fahrer rief die Polizei und die Polizei brachte sie hierhin.

Alles roch nach Manipur. Man wäscht sich damit die Hände.

Medikamente.

Sie nahm ihre Mutter kaum wahr als die an ihrem Bett stand. Sie hatte ihr Kleidung mitgebracht.

Die erste Nacht in Fixierung. Angebunden an Händen und Füssen. Sie schwitzte.

Diazepam. Dasselbe wie Valium. War es das, was alles so episodenhaft, so lückenhaft machte?

„Sie brauchen jetzt Begrenzung und Struktur."

Eine richterliche Anhörung ohne Richter. An seiner Stelle: ein Diktiergerät.

Die Handschellen hatten sich tief in ihr Fleisch gegraben, als sie auf der Polizeiwache saß und die Beamten nicht schlau aus ihr wurden.

Ein Gerichtsbeschluss: Sechs Wochen Aufenthalt in einer psychiatrischen Klinik.

Hatte sie etwas Verbotenes getan?

Die erste Zigarette im Raucherzimmer. Eigentlich rauchte sie nicht, aber aus Langeweile...

„Eine Verschwörung aus Polizei und Johannitern. Die haben mich zusammen hierher gebracht." sagte sie im Scherz.

„Sie können gegen den Gerichtsbeschluss Einspruch beim Landgericht erheben." Ein erstes Aufwachen. Als sie darüber nachdachte, wie man so einen Einspruch formuliert, begann sie zum ersten Mal seit sie hier hinein kam, ihre eigene Situation und ihre Umgebung klar wahrzunehmen. Wie viele Tage waren verstrichen? Zwei?
Es waren fünf. Fünf Tage ohne Ausgang. Fünf Tage per Gerichtsbeschluss. Fünf Tage unter Zwang.
Sie arrangierte sich und begann wieder zu spinnen, denn in ihren Netzen fühlte sie sich wohl. Aus Langeweile erklärte sie Schwester Erika temperamentvoll, das Ungeheuer von Loch Ness sei in Wirklichkeit ein Elefant in einem Wasserloch gewesen.
„Nun erzählen sie mir doch nicht *son* Scheiß. Sie sind mir immer noch zu maniform."
„Aha. Und was heißt bitte maniform?"

Sie erfuhr es erst drei Wochen später. Warum sie auf den abwegigen Gedanken gekommen war, Nessie sei ein Elefant, erfuhr Schwester Erika dagegen nie. Und auch sonst wollte es niemand wissen.

Antoine de Saint-Exupery wusste es. Er beginnt den kleinen Prinzen mit der Offenbarung, dass in einer Schlange ein Elefant steckt. Vielleicht hatte er sogar irgendwo in Afrika selbst das berühmte Foto geschossen, das alle für das von einem Seemonster halten. In Wirklichkeit aber zeigt es einen Elefanten, der ganz unter Wasser steht. Er reckt seinen Rüssel nach vorne gekrümmt in die Höhe und sonst schaut nur seine Stirn aus dem Wasser. Das Foto ist unscharf und so kann man den Rüssel für den Hals und die Stirn für den Rücken eines Seeungeheuers halten.

Das fand sie witzig und zu schön um es nicht zu glauben. Aber Schwester Erika fand es krank, dass man ein Seeungeheuer für einen Elefanten hält. Ist es dagegen kränker oder weniger krank an Seeungeheuer zu glauben?

Ist es überhaupt krank, einen Witz durch die Straßenbahn zu brüllen? Ist es verboten?

Einen Mitpatienten hatte mal die Polizei in die Klinik gesteckt, weil er nackt auf einem Acker getanzt hatte.

Aber warum?

Es ist die Rede von Realitätsverlust.

Der Ausdruck setzt voraus, dass es nur eine einzige Realität gibt, obwohl schon in einem Foto zwei stecken können, zum Beispiel die eines Elefanten und eines Seeungeheuers. Aber für das Verstehen solcher Gedanken wurde das Krankenhauspersonal nicht bezahlt.

Doch geht es wirklich um Realitätsverlust?

Geht es nicht eher um die Schaffung einer eigenen Realität?

Die Schaffung einer eigenen Realität ist in der Bundesrepublik Deutschland effektiv verboten. Die Strafe sind sechs Wochen Haft auf Bewährung - immer. Und immer wieder heißt es: „Sie brauchen jetzt vor allem Begrenzung."

Kaffee und Zigaretten. Das waren die einzigen Drogen, die außer der Medikation hier drin erlaubt waren. Wären die Medikamente nicht gewesen, hätte eine ordentliche Dosis von beidem gereicht um sie wieder ihrer Riesenwelle anheim fallen zu lassen. Und eigentlich war ihr „maniformer" Zustand ja nicht wirklich nur unangenehm gewesen. Vielleicht war sie ja erleuchtet worden. Jemand hatte sie einmal gefragt, ob sie ein Gotteserlebnis gehabt hatte. Und tatsächlich hatte sie ja auf einmal alles verstanden. Es hatte nichts gegeben, was sie sich nicht irgendwie hatte erklären können. Und dann merkte so ein primitiver Straßenbahnfahrer auf: „Aha, da tanzt jemand aus der Reihe!" Aus der Traum.

Dass sie krank gewesen war, sah sie nie richtig ein. Nur, dass es so nicht hätte weitergehen können. Aber ihr Zustand hätte noch Zeit gebraucht um sich zu entwickeln. Sie hätte nur die richtigen Kanäle finden müssen für das, was in ihrem Kopf vorging. Wer weiß, vielleicht hätte sie nur noch ein wenig beschleunigen müssen und der Zeitpunkt wäre gekommen, wo sie einfach mit den Fingern geschnipst hätte und ein beliebiger Gedanke wäre Realität geworden.

Immerhin hatte sie es in dieser Phase geschafft, ihre Schüchternheit zu überwinden und ihren Traummann endlich anzusprechen. Sie wusste jetzt zumindest seinen Vornamen. Und er hatte sie schon nach ein paar Sätzen geküsst. Aber warum sie sich nicht verabredet oder ihre Telefonnummern ausgetauscht hatten, wusste sie nicht mehr. Sie wusste nicht mal mehr, wie ihre Begegnung geendet hatte.

Und jetzt saß sie hier und musste sich von einer Patientin, die das Etikett "religiöser Wahn" trug, erzählen lassen, ihr fünfjähriger Enkel habe „die Gabe von

Gott", denn er könne so gut Posaune spielen, dass sie heulen müsse. Bald rief sie ihre Mutter an und heulte ins Telefon: „Bitte hol mich hier raus! Ich bin nur von Irren umgeben." Doch ihre Mutter war fest davon überzeugt, dass ihre dreiundzwanzig Jahre alte Tochter krank oder zumindest krank gewesen sei.

Das faschistoide an der Psychiatrie ist, dass sie die Unterscheidung in krank und gesund nicht dort macht, wo Leidensdruck eine Rolle spielt. Sie hatte nicht gelitten, zumindest als die Schlaflosigkeit vorbei war und sie auf ihrer Riesenwelle über die Realitäten der anderen Menschen hinweggesurft war.

Lange nachdem sie entlassen worden war, dachte sie über den Sinn ihres Aufenthaltes in der Psychiatrie nach und, beeinflusst von irgendeiner obskuren Philosophie, kam sie auf den Gedanken, dass ihr in dieser Zeit klar geworden war, was sie wirklich, wirklich als einziges wollte. Sie wollte *ihn*. Einmal sah sie ihn noch in der Bahn, aber keiner von beiden sagte etwas. Warum sie sich nicht traute, verstand sie nicht, aber eins war klar: sie war wieder ganz die Alte: begrenzt.

Sie arbeitete jetzt bei ihrem Vater und seiner neuen Freundin als Haushälterin

und gedachte das so lange zu tun, bis sie heiraten würde.
*can't speak, can't think, won't talk, won't walk...*


Was übrig bleibt, ist eine Vorstellung:

Eine zwielichtige Bar in Algerien, irgendwann in der ersten Hälfte des zwanzigsten Jahrhunderts:
Antoine de Saint-Exupery betritt den Raum mit einem schiefen Lächeln im Gesicht. Die, die ihn kennen, wissen, er hat mal wieder einen seiner typischen Streiche ausgeheckt. „Hör mal zu", sagt er zu einem alten Bekannten. „Ich habe ein Foto von einem Tier geschossen, das bis zum Kopf im Wasser steht. Trotzdem wette ich tausend Francs, dass du erkennst um welches Tier es sich handelt." Der junge Antoine de Saint-Exupery war sehr naiv, sonst hätte er diese Wette nicht abgeschlossen, schließlich konnte ihn sein Bekannter einfach anlügen und behaupten er erkenne das Tier nicht, und das hatte er auch vor. Doch als der das Foto sah und natürlich sofort erkannte, dass das Bild den Rüssel eines Elefanten zeigte, schmunzelte er kurz über Saint-Exuperys Einfall, fand

dann aber, dass das Tier auf dem Bild auch eine Seeschlange sein könnte.

Und so sagte er in süffisantem Französisch: „Antoine, das ist nun wirklich einfach! Du hast ein Seeungeheuer fotografiert und es ist ja nur zur Hälfte mit Wasser bedeckt. Das ist ja leicht zu Erkennen." Saint-Exupery war verblüfft und gab seinem Freund die tausend Francs. Der junge Schriftsteller verlor noch in vielen Kneipen viel Geld mit dem Foto, da er die Logik des Wettens einfach nicht verstand, bis er eines Tages seine Methode änderte und sie in einer schottischen Bar ausprobierte. Dort fragte er den am sensationslüsternsten aussehenden Kneipengast: „Wie viel gibst du mir für ein Foto von einem Seeungeheuer?"

Zenquisition

Der Bärenmarkebär aus einer andern
Dimension
Macht Kindern Angst vor Kaffee
Alles über Werwölfe 20% reduziert
Lassen sie mich durch, sie ist eine Hexe.

Und Ich verlache
Die Absurdität des Rades des Samsara

Pfütz'kaffee? Sehr gerne.
Inmitten von Fackeln und Mistgabeln
Steht sie und beklagt den Mörder ihres
Kindes
Während die Menge johlend in den Wald
pirscht.

Ich kenne ihr Geheimnis
Und verlache
Die Absurdität des Rades des Samsara

Dieser Körper ist leer, ich bin eine Flasche
Fragil und ersetzlich und selbstverlassen.
Als ich fühle, dass sie mich trotz aller

Gegenteiligen Behauptungen ihrerseits
liebt,

Gehe ich nach Hause.
Ich hole mir einen runter.
Ich kenne ihr Geheimnis
Und verlache
Die Absurdität des Rades des Samsara.

Hund und Zebra

Das Leben ist kein Zebra,
sondern ein bunter Hund.
That colourful dog
face to face
with the invisible god.
Kierkegaard ging mit jenem Hund Gassi,
Von hinten
zäumte ihn Heidegger auf
und Sartre nahm ihn von vorn.
Zebras sind hungrige, bissige Tiere.
Nimmt man sie ernst,
kommen sie an
schlucken einen
mit Haut und Haaren
bei lebendigem Leib
und machen einen
turbulenten
Verdauungsritt
quer durch die Savanne

bis man kotzt.
Ironie ist für
das gemeine Zebra
das effektivste Brechmittel.
Wohl dem, der sie

besitzt und mit ihrer Hilfe
einem qualvoll langweiligen Dahinsterben
entgeht.
Eines steht jedoch fest für das Leben:
Es ist kein weißes Einhorn aus Eden
und auch kein schwarzer Hengst aus der
Hölle.
Für dich
mein liebstes
Honigkuchenpferd
bleibt nur ein Hund.
Ein bunter Hund als treuer Gefährte
und Wächter in Räumen und Zeiten
des Chaos.

## Zeitlochs Testament

Unbedarft schleicht ihr um Häuserecken und hinter jeder nächsten lauert ein Dämon. Es gibt uns überall, die Weisen, und wir lehren euch nichts als das Fürchten. Wie könnten wir auch? Euch, die ihr immer nur seht, was ihr sehen wollt und umschaltet, wenn gerade mal nichts Anspruchsloses läuft. Ficken, Fressen, Fernsehen, Fußball, die Reihenfolge natürlich umgekehrt. Wir zäumen dieses Pferdchen vom anderen Ende her auf und wenn wir uns wirklich die Zeit nehmen, kommen wir selten bis zum letzten, für euch ersten Punkt in der Initiationshierarchie der Belanglosigkeit. Wir existieren meist zwischen der Zeit und suppen schon mal durch um unsere diversen Lebensentwürfe auszutesten, seltener auszuleben, denn seien wir mal ehrlich: welchen unserer solchen lasst ihr schon ungestört? Und gegen Ende kriegen wir die Krätze, weil ihr alle schizophren seid. Persönlichkeitsspaltung, genau! Ihr habt euch vom Nichts isoliert und erhebt den Anspruch, euer Ego zu bleiben.

Irgendwann kam die Idee der Gerechtigkeit und, man muss schon sagen, immerhin treibt sie das Spiel immer weiter. Trotzdem gleicht sie alles aus, und so sind sogar eure, nein unsere, unser aller Massenmörder letztlich gerecht. Ein metaphysisches Kotzen befällt langsam die Welt aufgrund eurer Weigerung sich auszumalen, was wir mit Hitler und Stalin machen sollen. Immer noch hängen sie in der Warteschleife und wenn wir Pech haben, wollt ihr sie eines Tages zurück. All das ist natürlich nur eine große Metapher, ein heiliges, nein hoffentlich heilsames Spielchen. Glaubt doch bitte nicht immer noch, es sei noch was dahinter, um euch vorstellen zu können, es sei doch eigentlich anders. Es ist, wie es ist und was ist, ist, was man wahrnimmt. Und was man intuitiv erfasst, kommt auch noch irgendwo her, oder nicht? Nicht? Nicht?

Ein zeitlich begrenztes Absolutum ist eine mörderisch gefährliche Angelegenheit. Ein zeitlich begrenztes Absolutum ist ein weiterer Schritt in Richtung Undenkbarkeit des Erquicklichen. Erquicklichkeit wäre der Urlaub, den wir uns wünschen. Stattdessen herrscht der Glaube an die Notwendigkeit des Ökonomischen und die Schadhaftigkeit des Unökonomischen. Ich, die zeitlose Witzfigur, die ich bin, ich, Alexander

Zeitloch, ein Prophet dessen, was er kennt, der Bauer unter den Heiligen sozusagen, habe kein Bestreben mich klarer auszudrücken. Ich bin ja nur Prophet meines Erfinders, der mir unbekannt ist, er legt mir in den Mund, was immer ich hören soll, und was ich will, gibt er niemandem. Wenn ich etwas will, verschwindet es aus der Welt, damit auch ja niemand es mir aus Mitleid oder Sympathie geben kann.

Ich bin der Prophet des Horrorwitzes, und ich schreibe all das im klaren Bewusstsein, dass ich ein Mystiker bin, man könnte auch sagen: verrückt. Wer mir folgt, wird nur erleben, was keiner erleben will. All eure Götter waren so, und sie werden immer so sein. Nicht einer kennt den Weg zu eurem Glück, denn den müsst ihr alleine gehen, oder zu zweit, doch immer, immer mit euresgleichen. Immer mit denen, die noch nicht gesehen haben, wie ein Senfkorn Welten verschlang. Wir sind da, euch das fürchten zu lehren, um euch spüren zu lassen, was Trost ist. Es gibt keine Auswege, Umwege, Abkürzungen, Schlupflöcher oder dergleichen, es gibt nur Augenblick auf Augenblick gestapelt und manche, die sind so gut, die gilt es zu vervielfachen. Lasst euch das gesagt sein, denn es war nicht böse gemeint.

## Zeitlochs Nachbarin

Zu irgendeiner Zeit in seinem über 30.000 Jahre dauernden Leben wohnte Alexander Zeitloch in einer morschen Mietskaserne im Südwesten von Dornach, wo eine Nachbarin unentwegt durch die Wand brüllte: „Lies mir das Sittengemälde mit dem Kind noch mal vor!" Alexander begab sich zu dieser Zeit fast täglich in ein nahe gelegenes Antiquariat, über Jahre, um danach zu fragen, ob das von ihm bestellte Buch „Die Wiederkehr des brauchbaren Menschen" schon eingetroffen sei. Da das Getose seiner Nachbarin ihm schon seit annähernd zwei Wochen den Schlaf geraubt hatte, ging er nun dazu über, seiner beinah täglichen Frage „Ist die Wiederkehr denn bereits eingetroffen?" die Bitte um ein manchmal barockes, manchmal auch romantisches Sittengemälde mit einem Kind hinzuzufügen.

In den folgenden Wochen stapelten sich in seiner spärlich eingerichteten Kammer Sittengemälde mit Kindern aus allen Epochen von altägyptischen und hinduistischen Sittengemälden mit

Kindern bis hin zu den berühmten Sittengemälden mit Kindern der Endzeitpropheten seiner eigenen Ära. Und ständig las er daraus vor. Bis ihm die Augen müde wurden saß er des Nachts auf seinem Schemel und entzifferte bei Kerzenschein die manchmal aus ältester Vergangenheit und von fernsten Gestaden zu ihm heraufdämmernde Schrift der allabendlich wechselnden Folianten.

Dies war die einzige Art, auf die seine Nachbarin, im Übrigen ein altes Mütterlein mit dem Gemüt einer Gans, dem Herzen einer müde und alt gewordenen Löwin, und dem Scharfsinn einer Giraffe zum Schweigen und Nachdenken und überhaupt zu einer ganz urchristlichen und gleichsam lemurischen Besonnenheit zu bringen war. Wenn er dann zu später Stunde wieder einmal eines dieser Sittengemälde mit Kind zuschlug – zumeist hatte sein geliebtes Wirtshaus dann bereits geschlossen – seufzte das herzensgute Mütterlein, löschte ihre Lampe und ging zu Bett ohne ein Wort zu sagen. Wenn er dann am nächsten Morgen seine zahlreichen Korrespondenzen erledigte, vernahm er wieder ihre Stimme, wie sie klagte und flehte: „Bitte! Lies mir das Sittengemälde mit dem Kind noch mal vor!" Und er vernahm diese Stimme solange er zuhause

100

blieb, von wo aus er die meisten seiner Geschäfte erledigte, er war nämlich zu dieser Zeit Besitzer dreier Fischkonserven-Im-und-Exportunternehmen. Nur wenn er die Wohnung verließ, um in das staubige Antiquariat zu gehen, wo er sich immer wieder und immer dringlicher nach der „Wiederkehr des brauchbaren Menschen" erkundigte, begann die alte Dame zu schweigen, denn sie wusste, dass ein neues Sittengemälde mit Kind zu ihr auf dem Weg war.

Nach etwa sechs Wochen dieses immer gleichen Spiels begann Alexander im Haus Erkundigungen über die alte Dame anzustellen, wenn er aus dem Antiquariat zurückkehrte. Er ließ sich sagen, sie sei in ihrer Jugend eine erfolgreiche Eurythmistin gewesen, habe drei Jahre lang als Hauslehrerin bei einem belutschistanischen Sultan gearbeitet und sei gar in ihrer Londoner Zeit engste Vertraute einer großen russischen Religionsstifterin gewesen, von deren medialen Begabungen sie seit ihrer Rückkehr nach Dornach zu schwärmen pflegte, bis beim Jahreswechsel 1900 ihr damals 22 Jahre alter Sohn mit einer Silvesterrakete ermordet worden war. An diesem Tag gab sie ihre Tätigkeit als Dramaturgin auf, übergab ihre

Eurythmieklasse an einen einst erfolgreichen Berliner Homöopathen, der sich in Dornach zur Ruhe gesetzt hatte und zog sich fast vollständig vom öffentlichen Leben zurück.

Nichts änderte sich bis Alexander an einem schneedurchwehten Januarmorgen abermals das Antiquariat betrat. Er wollte einen Moment innehalten, um sich aufzuwärmen, zog seine Handschuhe aus und versuchte die Kälte aus seinen geröteten Fingern zu kneten. Der Antiquar, dessen Gesicht sich blass gegen den vampyrischen Stehkragen seines schwarzen Capes abhob, das er immer um die Zeit des Jahreswechsels trug, klopfte nur mit drei Fingerkuppen auf ein Bündel von Büchern neben der Kasse und sagte: „Herr Zeitloch, dies ist ein Geschenk für Sie, meinen treuesten Kunden."

Alexander nahm das Bündel an sich, sagte kein Wort, ohne gewahr zu werden aus welchem Grund, stolperte rückwärts zur Tür und rannte mit äußerster Vorsicht, denn der Boden war ja schneebedeckt und rutschig, seinem Zuhause entgegen. Er stürzte das Treppenhaus hinauf, konnte vor Zittern kaum den Schlüssel ins Schloss seiner Wohnungstür stecken, schaffte es aber dann doch, schloss die Tür auf, hastete hinein, legte das Bündel Bücher zaghaft auf den Beistelltisch neben seinem Ohrensessel, holte Luft, hastete zurück zur Tür, knallte sie zu und sank erschöpft zu Boden. Sein Atem ging schnell, während er so, mit dem Rücken an die Türe gelehnt, auf dem Boden saß. Er schloss seine Augen und in seinem Kopf war nur ein einziger Gedanke, der sich wiederholte und im Kreis drehte wie ein Feuerrad: Die Wiederkehr ist eingetroffen. Es muss so sein. Die Wiederkehr ist endlich eingetroffen.

Eine halbe Stunde saß er so da, lauschte auf seinen Herzschlag und das Brausen des Blutes in seinem Schädel und dachte immer wieder: Die Wiederkehr des brauchbaren Menschen. Endlich.

Irgendwann, nach Myriaden von Herzschlägen erhob er sich und öffnete schnaufend und zitternd das Bündel. Unter drei Sittengemälden mit Kindern fand er nun das kleine Bändchen, auf dessen Ankunft er so lange gewartet hatte. Er wischte sich Rotz und Speichel vom Mund und setzte sich so wie er war, in Mantel und Stiefeln in den Ohrensessel und begann zu lesen. Es dauerte bis tief in die Nacht bis er das Werk zu Ende gelesen hatte und den plötzlichen Drang verspürte, Dornach für immer den Rücken zu kehren.

Noch in derselben Nacht packte er sein Hab und Gut zusammen, alles, was er woanders in der Welt brauchen würde. Die Wiederkehr des brauchbaren Menschen hatte er in der Manteltasche und all die anderen Bücher, all die Sittengemälde mit Kindern, es waren inzwischen 429 an der Zahl, ließ er zurück und hievte im Morgengrauen endlich seinen schweren Lederkoffer in den Flur.

Er schloss die Tür ab, zog noch einmal die Nase hoch, wischte sich eine Haarsträhne aus der Stirn und wandte sich zum Gehen. Er brach fast zusammen, als er sich im Flur umsah. Im ersten Moment schob er es auf seinen überspannten Geisteszustand, immerhin hatte er ja nicht geschlafen, dass er sich von drei Engeln umgeben sah. Als diese jedoch auch nach mehrmaligem Blinzeln nicht verschwanden, nahm er dann doch an, dass, was er sah, wirklich war.

Im Erdgeschoss hob eine Stimme zu sprechen an, und was sie sagte, erschütterte Alexander Zeitloch zutiefst. Die raue und tiefe Männerstimme las den Anfang der „Wiederkehr des brauchbaren Menschen". Alexander griff mit zitternden Fingern in seine Manteltasche und fand dort zu seiner Beruhigung sein eigenes Exemplar. Es hatte also noch ein Exemplar gegeben, hier in Dornach? Vielleicht sogar in diesem heruntergekommenen Haus?

Und die Engel, die doch in Wirklichkeit nur junge und ältere Frauen in weißen Gewändern waren, wie er jetzt erkannte, begannen zu den Worten der Wiederkehr zu tanzen. Als Alexander hinunter ging, passierte er zig Frauen in weißen Gewändern, auf jeder dritten Treppenstufe stand eine, auf jedem Treppenabsatz zwei, in jedem Flur drei, und alle tanzten sie zur Stimme aus dem Erdgeschoss. Alle führten sie zugleich diese mysteriösen Bewegungen aus, die zugleich zeichenhaft und doch fließend waren, so dass die Bezeichnung Gesten kaum auf sie zutraf. Im Erdgeschoss, wo der Flur größer war, standen der Bibliothekar in seinem schwarzen Umhang und das alte Mütterlein in einem kostbar bestickten weißen Gewand. Sie tanzte zur Wiederkehr und ihre Schülerinnen, die das Treppenhaus bevölkerten, ahmten ihre Bewegungen nach, griffen sie auf, so dass die Worte der Wiederkehr hinauf bis vor Alexanders jetzt nicht mehr bewohnte Wohnung flossen.

Alexander sagte kein Wort, öffnete die Haustür und war froh hinaus in den klaren weißen Wintermorgen zu treten, wo niemand etwas vorlas oder gar tanzte. Nur eine pechschwarze Kutsche stand für ihn bereit, die er nie bestellt hatte und von der er nicht wusste, wo sie ihn hinbringen sollte. Aber er stieg hinein und verließ Dornach nach langen Jahren der Entbehrung und des Elends.

Kalte Katzen


Ich hab´ eine getroffen,
die ist jung,
die versteht den Sinn
des Ausdrucks
kalte Katzen noch gar nicht.
Kalte
Katzen
findest du hier
über-
all.
Kalte Katzen tun so,
als hätten sie kein herz.
Hart wie kalte Katze
könnte ein geflügeltes Wort werden.
Eine wie sie springt
und beißt es tot.
Sie lernt eben langsam,
und es gibt immer
wieder diese Fälle, da
wird jemand kalte Katze
und zwar so sehr,
dass er alle kalten Katzen
noch zusätzlich
auskühlt.
Ich hingegen will kalte Katzen

verstanden wissen
wie
Kann denn dein Tandem dann da am
Damm.
Kalte Katzen haben Krallen.
Kalte Katzen kratzen.
Kalte Katzen beißen.
Kalte Katzen haben Tatzen.
Kalte Katzen kuscheln.
Kalte Katzen nehmen Drogen.
Kalte Katzen lesen Bücher.
Kalte Katzen sind niedlich.
Ich gehör´ nicht dazu,
ich bin nur das Wollknäuel
und heut´ abend
gibt's kalte Katze.
Kalte Katze ist tot.
Kalte Katze vergammelt.
Kalte Katze ist en vogue,
oder um es mit den Worten von Alf zu
sagen:
kalte Katze stinkt,
stinkt wie alte kalte Kotze,
denn kalte Katze hat
keine Zeit
aber dafür hat
kalte Katze vielleicht Zeit.
Beschwer dich nicht,
wenn du einen Kampfsport erlernst,
der Weise
hätte

den Meister
längst besiegt
und/oder
die Flucht ergriffen.
Nur der Weise
wird kalte Katze,
denn kalte Katze
bleibt friedlich,
da Kampf keinen Sinn hat,
sondern nur Liebe.
Kann denn dein Tandem dann da
am Damm,
kann denn dein Tandem dann da
am Damm,
kann denn dein Tandem,
kann denn dein Tandem,
dein Tandem
dann da am Damm
kalte Katze überfahren,
so dass die Krähe dereinst
in ihr Nahrung findet.
Lieb weiter kalte Katze,
leb weiter
auf der warmen Fensterbank
bis Seite
ach,
weiß ich nich wo
weiß ich nicht so,
ähm, ja,
das Gedicht heißt kalte Katzen.

## Relative

*Hier wo die Zeit stillsteht*
*während die Welt sich dreht*
*mitten im Herz des Wirbelsturms*
*können wir das leise Zittern fühlen*
*das die Luft um uns erfüllt*
*für einen endlosen Moment*
*wenn man im Atmen innehält*

Kante – Wenn man im Atmen innehält

Time is relative – fuck time hieß es dort vor mir über dem Pissoir, eine schwer zu realisierende Aufforderung. Wann immer ich die Zeit gefickt hatte, hatte ich nur Grabsteine ohne Namen gefunden und neue Spazierwege zwischen Feldern und Wäldern, menschenleere Nächte, in denen die Sonne nicht unterging über unserer Stadt, in denen ein Knistern und das Geräusch von sich beulendem Metall neue Ladeneingänge entstehen ließen. Ich hatte es getan, die Zeit gefickt, ohne so recht zu verstehen, wie, und ohne so recht zu verstehen, wieso mich daraufhin jedes Mal nahe stehende Personen anfeindeten.

Aber das war alles relativ lang her und deshalb traute ich mich jetzt wieder an die Orte, wo unsere alten Parties stattgefunden hatten, umringt von den Leuten, die damals schon dabei waren, aber nichts mitbekommen hatten, oder die doch alles mitbekommen hatten, aber im Gegensatz zu anderen fähig waren zu schweigen. Inwendiges Schweigen, kein Urteil zulassend, keine Analyse, ein Harren der Dinge, die da waren, wie Vergessen, nur dass man sich erinnert.

Drei Wochen lang hatte ich eine Frau beobachtet, die immer wieder zwei Reihen vor mir im Auditorium saß, die die schönsten blonden Haare über dem anmutigsten Nacken verknotet trug, die ihren scheinbar durch mehr als eine Welt dringenden Blick mit langen dunklen Wimpern umrandete. Ein Fingerstreich entlang dieses Halses, dieser Wangenknochen war einer meiner Träume. Sie hatte die Art von Augen, bei der man mehrmals hinsehen muss, um die Farbe der Iris zu erkennen. Ihr Blick lenkte davon ab.

Ich hielt es für etwas Besonderes, dass sie ihre wunderschönen Haare unter einer Baskenmütze versteckte, als sie auf der Party erschien. Ich lächelte und hob zwei Finger, als sie vorbeiging. Peace, Victory, ewige Blumenkraft, dies alles konnte es heißen und das alles war gemeint. Ganz kurz legte sie den Zeigefinger an die Lippen und huschte ohne Worte vorbei. Sie konnte das, ohne dass es jemand außer mir sah, so dass selbst mich ein Zweifel beschlich, ob es wirklich geschehen war.

Sie brachte ihre tiefblaue Jacke weg und als sie an der Theke für ihre erste Bestellung erschien, stand ich bereits dort. Sie versuchte mich wie immer zu ignorieren, doch ich beugte mich zu ihr herüber und sagte in ihr Ohr:

„Wenn du mich dich nicht einladen lässt, werde ich so lange Gedichte für dich schreiben bis du in meinen Armen liegst."

„Bis ich in deinen Armen liege?" fragte sie lakonisch, allerdings ohne die Stirn zu runzeln oder sonst wie irgendeine Miene zu verziehen.

„Bis du in meinen Armen liegst - und lächelst." sagte ich ernst.

Jetzt sah sie mich an und ihr Blick war so hellblau und durchdringend, dass es fast schmerzte. Sieh doch in diese Augen, wenn du dich traust, schien sie zu denken, immer noch ohne zu lächeln. Als ich sie vor kurzem gefragt hatte, ob sie mit mir einen Tee trinken würde, hatte sie nur gesagt: „Nein. Ich muss noch was schreiben." und war schon davon gerauscht bevor ich noch etwas sagen konnte. Sie hatte mich dabei nur ganz kurz angesehen. Ich sah ihre Antwort auf meine Frage im Profil, als wollte sie fremde Menschen vor ihrem eigenen Blick bewahren.

„Ein Pils!" sagte sie und ich bestellte und bezahlte eins für sie und eins für mich.

„Du sagtest du schreibst? Für dich, für die Uni, oder für die Welt, so wie ich?"

„Für unsere Zukunft." sagte sie.

-

„Prost." sagte ich.

„Prost." sagte sie und ihre Kiefermuskulatur spannte sich kurz, aber sie lächelte immer noch nicht. In unserer Vorlesung über unbekannte Gedichtformen unbekannterer Renaissancedichter ließ sie nie die Finger von sich selbst. Bitte verstehen Sie mich nicht falsch, lieber Leser. Alles, was sie tat, war zum Beispiel, ihre Finger zu massieren, oder ihre Fingernägel in den Mund zu stecken, ohne jedoch daran zu kauen, oder sie streichelte ihre eigenen Arme, oder spielte an ihrem Ohrläppchen, *wenn* sie nicht gerade schrieb - wie wild, schneller als die Dozentin sprach, mit der linken Hand, wie paralysiert aufs Papier starrend. Und auch jetzt streichelte ihre Rechte ihren linken Oberarm.

Sie sah mich prüfend an und fragte: „Wer ist dein größtes Vorbild?"

Ich zählte ein paar Namen auf, es war niemand *wirklich* Extravagantes dabei, Kafka, Hoeg, Irving, Wilson, Bukowski, Lovecraft und fügte hinzu: „Aber ich würde keinen von ihnen als Einfluss bezeichnen. Vorbilder müssen einem gleichgültig werden, damit man schreiben kann. Beeinflusst haben mich einige Philosophen und Musiker.

Ich habe mich übrigens verliebt in diese Nackenlinie, diesen Blick, diese Augen, bei denen man dreimal hinsehen muss, bis man weiß, dass sie blau sind, weil ihr Blick von ihrer Farbe ablenkt, dieses vorsichtige aber ganz und gar nicht unsichere Lächeln, dass ich erst ein- oder zweimal gesehen habe, diese vollkommen runde Stirn, diese Wangenknochen, die mit diesem Kinn zusammen den anmutigsten Rahmen bilden, den dieser Mund sich wünschen könnte, ohne dass all das nur Fragmente deiner Schönheit wären."

In diesem Moment flackerte dein Blick kurz und aus deinem tiefsten Innern stieg ein Lächeln empor.

„Und ich liebe es ein Lächeln auf dein Gesicht zu zaubern."

Du sagtest: „Meinst du wir sehen gut zusammen aus?"

Ich erwiderte: „Probieren wir's doch aus." Und wir stellten uns beide mit dem Rücken zur Theke, Schulter an Schulter. Ich zündete mir endlich wieder eine meiner heißgeliebten Filterzigaretten an.

Wir stellten fest, dass wir beide Kante und Donnie Darko mochten, nicht wussten, ob es Gott gibt und einigten uns, dass Sartre und Simone, oder De Beauvoir, wie du sagtest, das Traumpaar des letzten Jahrtausends waren.

Ein Kumpel von mir sah uns neugierig an, als er sich ein Bier holte, ich warf ihm einen unserer Insiderwitze an den Kopf und er lachte und ging wieder. Dabei sahst du nur geradeaus auf die Tanzfläche, wobei mir war, als ruhte dein Blick auf mir, weil du nichts dort beobachtetest.

Als dein Bier leer war, nahmen wir uns bei den Händen und gingen. Irgendwo auf dem Weg zu dir stolperte ich, während ich in meiner Tasche nach Gummis suchte, die ich zum Glück dabei hatte. Als wolltest du mich für mein Stolpern belohnen, kraultest du mir kurz den Hinterkopf.

Wir passierten eine Fußgängerbrücke über einen kleinen Kanal. Wir blieben dort für einen Moment stehen, der riesige runde Vollmond über dem Kanal faszinierte mich und ich versuchte dir etwas über die Zeit zu erklären.

„Wenn man hier auf dieser Brücke steht und sehnsüchtig die Spiegelung des Mondes im Wasser ansieht und vielleicht einen Seufzer oder ein paar sorgenvolle Worte ausstößt, ist das ein perfektes Abbild unseres Verhältnisses zur Zeit. Wir fühlen uns sofort besser, weil die Worte, sobald man sie ausspricht, beginnen, Vergangenheit zu werden."

Ich erschrak fast ein wenig darüber, dass du sofort verstandest, wovon ich sprach und du sahst ebenso fasziniert wie ich den hellen Vollmond an, sein Ebenbild im schwarzen Wasser und das silbern glitzernde Gras auf der Böschung zu beiden Seiten des Kanals.

„Das müsste doch eigentlich auch mit einem Kuss funktionieren", sagtest du. Und wir hielten uns weiß Gott wie lange in den Armen und küssten uns. Dann erst sagtest du mir deinen Namen, und ich dir meinen.

## Nichts
### Alles geht wieder

„Wissen Sie, ihre bloße Existenz regt uns ehrlich gesagt auf", sagte der Beamte und streunte dabei hinter seinem Schreibtisch umher wie ein unausgeschlafener Panther. Alexander Zeitloch dagegen saß mit hängenden Schultern auf einem Plastikstuhl vor dem Schreibtisch. Er tat nichts Verbotenes, abgesehen von der Tatsache, dass er nicht alterte, nicht starb und in unregelmäßigen Abständen, manchmal von Jahren, manchmal von Monaten, eine Zeitschrift herausgab. Der Beamte hatte seiner Beleidigung augenscheinlich nichts hinzuzufügen, denn er streunte nur weiter umher wie ein unausgeschlafener Panther, aber diesmal ohne etwas zu sagen. Alexander Zeitloch antwortete ganz ehrlich: „Sie machen mir Angst."
Der Beamte blieb stehen, stützte sich mit gespreizten Fingern auf seinen Schreibtisch, seinen großen, langweiligen Schreibtisch und schnaufte ganz langsam durch die Nasenlöcher über seinem

Schnurrbart auswärts. Er schnaufte ein nicht enden wollendes Schnaufen auf seinen großen, langweiligen Schreibtisch bis er sagte: „Das ist nicht meine Absicht – ihnen Angst zu machen. Das ist nicht meine Absicht", wobei er ein kleines bisschen verzweifelt den Kopf schüttelte. „Wirklich nicht. Wirklich nicht meine Absicht. Ehrlich."

„Ja, aber, warum tun sie es dann?" fragte Alexander Zeitloch bibbernd vor emotionaler Kälte oder Furcht, wenn das nicht dasselbe ist. Kreidebleich äußerte Alexander eine grauenerregende Vermutung: „Fehlt Ihnen vielleicht etwas."

„Ich will Ihnen sagen, was mir fehlt, und ich bitte Sie inständig um Ihr Verständnis, denn ich gebe jetzt eine Schwäche zu, die in meinem Beruf eigentlich nicht vorkommen darf. Was mir fehlt, ist ein Paragraph. Ich möchte beinahe sagen, uns fehlt der Paragraph. Uns fehlt für Sie der passende Paragraph. Wir können nicht an oder mit Ihnen arbeiten."

„Ach, Sie wollen mir sagen, dass meine Unbescholtenheit ein Problem darstellt. Ich verstehe, das ist natürlich schwierig für Sie. Sie haben mein aufrichtiges Mitgefühl", entgegnete Alexander erschüttert und schockiert ob der ausweglosen Situation des Beamten. Was Alexander Zeitloch nicht wusste, war, dass der Beamte zum Mittagessen eine Graupensuppe mit einer Mettwurst als Einlage gegessen hatte. Der Beamte hatte die Mettwurst in Scheiben geschnitten und die Scheiben dann in der Suppe verteilt. Er hatte diese Mettwurst Stück für Stück aufgegessen, als er seine Suppe gelöffelt und dabei nicht geahnt, dass dieser Eintopf ein gesegneter, ein heiliger Eintopf gewesen. Denn horcht, eins jener Senfkörner, die sich in jener Wurst in jenem Eintopf befunden, eines jener Senfkörner war kein gewöhnliches Senfkorn. Es war magensaftresistent. Es war Gott der Allmächtige in seiner Senfkorngestalt.

Und nun hatte der Beamte schreckliches Sodbrennen. Gott hatte Alexander noch einmal wieder sehen wollen, um ihm zu sagen, dass er sich gerne zur Ruhe setzen dürfe. Da der Beamte ein gottesfürchtiger Mensch war, ohne davon zu wissen, hatte er sich entschlossen, bezahlte Überstunden zu machen, indem er jenen Alexander Zeitloch zu sich einlud, auf den sich so viele der Verrückten beriefen, deren Fälle er zu bearbeiten hatte. Gott entschied, dass der Beamte Alexander Zeitloch jetzt genug eingeschüchtert hatte und ohnehin zu langweilig war, um weiterleben zu dürfen und wuchs innerhalb von einer halben

Sekunde auf drei Meter Durchmesser an. Die Reste des Beamten fielen von Gott ab. Alexander erkannte das Auge, das ihm sein jetziges Leben geschenkt hatte, sofort wieder als es so majestätisch hinter dem großen, langweiligen Schreibtisch eingequetscht thronte.

„Alexander, wie schön es doch ist, dich wieder zu sehen", sprach das Auge mit dem alles durchdringenden Blick.

Alexander brachte es nicht übers Herz, dasselbe von Gott zu sagen. Insbesondere die lange Nissin Cup Nudel, die auf Gottes Pupille haftete, ihrerseits Bestandteil des Abendessens des Beamten, zwang Alexander den Blick von Gott abzuwenden.

„Ach Gott", sagte Alexander mit zitternder Stimme. „Du bist es. Dich habe ich ja schon lange nicht mehr gesehen."

„Nun mein Sohn, wie wäre es, wenn du die Arbeit an deiner Zeitschrift einstellst und in einigen Jahrzehnten anfängst zu altern. Du hast mich jetzt genug zum Lachen gebracht."

„Puh, also ich meine, ich wollte dich eigentlich gar nicht mehr zum Lachen bringen, aber ich finde es schön, dass du die Grenze gelesen hast."

„Ich habe sie nicht gelesen. Ich kann überhaupt nicht lesen."

„Du kannst nicht lesen?"

„Nein, die Schrift ist eine Erfindung des Teufels. Allein was in den Köpfen der Leser der Grenze vor sich ging, brachte mich zum Lachen und ich befürchte manche Pointen werden erst in Jahrzehnten oder gar Jahrtausenden zünden. Auch ich will nicht immer nur lachen, also mach am besten Schluss!"

„Na ja, wie wäre es denn, wenn ich jetzt ins Himmelreich einginge, könnte ich dann jederzeit und überall wiedergeboren werden?"

„Klar, willst du?"

„Ja, warum nicht?"

„Okay."

Man darf sich kein Bild davon machen, was dann geschah. Als Andeutung sei gesagt, dass Gott Alexander Zeitloch fraß. Alexander wusste von diesem Augenblick an, dass alles doch eigentlich nur eine Frage der Perspektive ist. Dann schrumpfte Gott auf dreißig Zentimeter Durchmesser zusammen, öffnete durch ein Wunder die Tür des Büros und schwebte hinaus in den Flur, wo er sich kurz umsah, und dann sofort den Weg nach draußen fand.

Und Alexander Zeitloch sah alles, was Gott sah. Er merkte sich das meiste und schrieb es auf, um es eines Tages in einem späteren Leben in einem einzigen Buch zu veröffentlichen.

Die Land weite weg

Jenseits des Flusses wohnt ein Land, wo kleine spitze Türmchen sind, darin Riesen liegen. Hier wird auf 300 Hektar Gips angebaut. Die Könige der Vorväter reisten mit ihren Sattelschleppern häufig bis kurz vor die Haustür. In diesem Land werde ich weiterleben, wenn die Schulferien längst vorbei sind. Eines Tages wirst auch du verstehen, warum Großmutter fort gegangen ist. Warte nur, mein kleines Steak. Irgendwann wirst auch du groß und berühmt sein, und nichts mehr von den voll geschissenen Windeln dieser Tage wissen wollen. Nimm diese Flasche Christinenbrunnen von mir, setz dich nieder und kau ein Stück Brot. In der Land, weite, weite weg von uns hast du immer Sausen und gehst am Mittag vor die Tür, bei Sonnenschein. Dort fiedeln den ganzen Tag die Raketen und die schwarzen Schnurrbärte wippen nur so. Auch Schafe haben dort ein Anrecht auf Badeanstalt, was so schön ist, dass man sich den ganzen Tag freuen und lachen und jauchzen und hopsen möchte. In diese Land sind wir alle noch ganze klein. Da musst du kümmern dich auch um die Wäsche am Donnerstag oder Freitag. Und alle deine Freunde sind kleine Bienchen, die dir Honig schenken, wenn du traurig bist. Und wir machen jeden Tag eine Schneeballschlacht und dann gibt es eisgekühlte Himbeerlimonade. Hmm, das riecht gut. Und ein Kamel aus Holz zieht dir morgens die Söckchen an. Und schon morgens bei Kerzenaufgang rennen wir los, um rechtzeitig da zu sein, wenn alle herumtollen. In die Land, wo ich von erzähle kommt gar kein Y vor. So brauchst du es auch nicht zu lernen. Wir fahren schon morgen mit dem Bus in diesen Land. Das Land heißt Frau Zimmermann, denen ich hier recht zärtlich danken möchte. Hallo!